李丹崖 著
LIDANYA ZHU

SUIYUEQINGKUANG ZONGBUGUOGAOGANG

岁月轻狂，纵步过高岗

山西出版传媒集团
山西人民出版社

图书在版编目（CIP）数据

岁月轻狂　纵步过高岗 / 李丹崖著 . —太原：山西人民出版社，2017.6

（全国中考热点作家美文典藏书系）

ISBN 978-7-203-10000-3

Ⅰ.①岁… Ⅱ.①李… Ⅲ.①散文集—中国—当代 Ⅳ.①I267

中国版本图书馆 CIP 数据核字（2017）第 110936 号

岁月轻狂　纵步过高岗

著　　者：	李丹崖
责任编辑：	魏　红
复　　审：	刘小玲
终　　审：	员荣亮
装帧设计：	张慧兵

出 版 者：	山西出版传媒集团·山西人民出版社
地　　址：	太原市建设南路 21 号
邮　　编：	030012
发行营销：	0351-4922220　4955996　4956039　4922127（传真）
天猫官网：	http://sxrmcbs.tmall.com　电话：0351-4922159
E - mail：	sxskcb@163.com　发行部
	sxskcb@126.com　总编室
	jfjb-lx2007@163.com　主编
网　　址：	www.sxskcb.com

经 销 者：	山西出版传媒集团·山西人民出版社
承 印 厂：	山西出版传媒集团·山西人民印刷有限责任公司

开　　本：	890mm×1240mm　1/32
印　　张：	10
字　　数：	210 千字
印　　数：	1—5000 册
版　　次：	2017 年 6 月　第 1 版
印　　次：	2017 年 6 月　第 1 次印刷
书　　号：	ISBN 978-7-203-10000-3
定　　价：	39.80 元

如有印装质量问题请与本社联系调换

目 录

第一辑 纵步过高岗

岁月轻狂，纵步过高岗　003
与一本书缠绵　006
在一棵槐树下过端午　008
怀抱一颗听雨的心　010
常拥古书可慰怀　013
人生不需要太多的炒作　016
这一日，我决定出发　019
我心如花不待风　022
在故乡读的书　025
山月不知人事改　027
有炊烟的地方就是天堂　030

033　遥想最美夜空

036　你若清澈如昨，我便欢喜婆娑

039　十月，收藏一片黄叶

041　迁徙的梦想，不迁徙的内心

044　那些青春期里的小小莽撞

047　不做流云愿为花

050　随叫随到的幸福

053　雪还是你的雪，梦不是你的梦

第二辑　低头久立向清溪

057　露珠是河流写给乡村的信

060　蝴蝶有颗不倦的心

064　踩在晨野的露珠上

067　远方的梦与梦的远方

070　雨天最该去的地方

073　风里传来莲的消息

076　白云故道少年梦

079　村庄把月亮举过头顶

083　低头久立向清溪

风把院子装满　085

故乡是一只容器　088

黄昏在陈治沟畔　090

借一片青花躲流年　092

看　湖　095

沙土地　099

唢呐班子　103

潭水一样的乡村　106

一条船睡了一条河　108

在故乡，有个叫郑店子的地方　110

斜影照花故人来　113

拿一段滋味养自己　116

第三辑　流年有爱，心随花开

被味道浸润过的流年　121

窗前饮茶　124

村　宴　127

冬瓜记　131

河飘油与雪花膏　134

137　恋恋茄香

140　妈妈的味道

143　外婆的麦仁粥

146　咬得菜根，百事可做

148　犹记萝卜丸子的香

150　灯火掌起吃蚕豆

153　最安心还是"父母制造"

155　昨晚饭局

157　做生活的饕客

159　偎雪煎茄

162　大雪与食欲

165　初冬的茶与粥

168　饮食风雅颂

171　酸梅汤之味

174　一杯老茶送秋风

第四辑　草木江湖

179　草木有灵

182　菖蒲：草木中的"黄老邪"

大青根　185

当归　187

豆蔻　189

贩卖一段绿　192

香花子　195

春天的椿　197

好麻不怕沤　200

晚饭花　203

冬天，读一本和植物有关的书　206

草木染　209

豌豆相伴消永夏　212

泥娃娃与阴天晴天草　215

第五辑　听，生灵在歌唱

乡村唱诗班　219

烟霾满天想起牛　221

与人同乡的动物　224

螳螂子　227

乡村主题"蛐"　230

232　春风如鞭，赶蜗牛

234　蛙乱说

237　豆青虫一样的时光

239　鸟叫是苍翠色的

242　蝈蝈记

245　愣头鹅

第六辑　我心素已闲

251　我心素已闲

254　今夜有露

257　寥　廊

260　面朝故乡的背影

262　人生的房间总需要一些房箔子

265　故乡的风里装满了内容

268　窗是灵魂的烟囱

271　精神屋顶

274　故乡在上

277　被整容的故乡

280　牛粪里的故乡

听一听古树的喘息 285

耕读传家 288

做故乡深处一株安详的稻麦 290

陶炉在侧懒糊窗 293

小雪，感受天空和大地的美意 296

老房子会说话 299

养眼的老街 302

枕上诗书闲梦好 305

第一辑　纵步过高岗

风且吹它的，雨且狂它的，随它去吧，我自背起行囊，迈开大步，穿越生命中一座座高岗，前面，有开阔的草坪、村庄、河流，如歌的牛哞、鸟鸣，还有溪流的哗哗声。

岁月轻狂,纵步过高岗

一眨眼,又是新年了。

由于生日在腊月,每到新年,我就要长一岁。岁月骑白马,我已经走过了三十五个人生春秋。在季节的深处写下这段文字,此时此刻,江淮大地苍茫辽阔,一片隐忍的笔墨在天地之间开始书写。看窗外,有风吹过,我总相信,眼前的风里,总飘散着昨日的尘埃。

记录岁月的最好方式就是书写。这些年,我一直坚持散文写作,渴望从看似贫瘠的生活中打捞出些许温情来,散文嘛,是需要平心静气去写的,也需要一些鲜花着锦的意思。我总觉得,写一些这样的文字,可以让很多人觉得,有一种俯拾即是的美好。好像小时候,走在翻耕以后的红薯地里,冷不丁地,会发现一两个漏网的"红薯娃"在土壤里露出半拉屁股,弯腰把它们揪出来,放在蛇皮袋里,抬头看天,有着异常的晴好。

看一个访谈,鲁豫采访高晓松,依稀记得是关于岁月。高晓松说:"有一些事情不明白,就是生活的慌张,那慌张就是青春,你不慌张了,就是青春没了,我很怀念那个时候的挣扎。"我相信,高晓松说这些话的时候,内心深处一定会有许多往事在呈现的,就像电影中的蒙太奇。

"挣扎"这个词,应该是说到了许多人心灵深处。面对青春的窘况,我相信你也如我一样,挣扎着,倔强着,然后从那些看似泥泞的土壤里走出来,然而,真正走出来,走到绿草如茵的广场,你才发现,你常常还是会怀念那个时候的泥土芬芳。

岁月轻狂,一不留神,我们就被它鄙视了,皱纹就是它留在我们脸上的印记。而青春这一遭旅程我们白走了吗?想一想自己心底的阅历,捏一捏自己粗壮的小腿,还有当虾米在你水域闹腾时你的波澜不惊,你就真的成长了。不与他们计较了,把一切兴风作浪的人看成是尘埃,我不理你,是因为我看不起你,这是多好的藐视!

岁月轻狂,纵步过高岗。风且吹它的,雨且狂它的,随它去吧,我自背起行囊,迈开大步,穿越生命中一座座高岗,前面,有开阔的草坪、村庄、河流,如歌的牛哞、鸟鸣,还有溪流的哗哗声。

傍晚的时候,点燃一盏灯。蓦地看到灯下,有尘埃狂舞飞扬,我想,这也许就是岁月在以独特的方式在做着记录吧!尘埃落定后,故乡大地肥沃,春花更红,而我,已从岁月的这一段,走向另一段。

与一本书缠绵

人生最美时,莫过于与一本书缠绵。

与人缠绵,太腻歪,若激情不再,缠绵不下去。与俗物缠绵,容易被人说成是玩物丧志,格调不高雅。与山河缠绵,不管是身体上还是时间上,都有些照应不过来。

所以,还是决定与书缠绵。

在窗前的阳光里,在檐下的鸟鸣里,在故乡的榆阴里,在床头昏黄的灯光下……随时随地都能阅读。

读一本好书,在晨辉里,休息了一夜的身体,在书中的句段之间得到淘洗。

空虚时读读经典,闲暇时读读小说,忙碌时读读警句,困惑时读读格言。居城市读读乡土,居巷陌读读草原,居江湖读读庙堂，居学堂读读国学，居职场读读运筹，居商海读读兵法，居文职读读自然。

与一本书缠绵，走进唐诗宋词的氛围里，如同走进了一条灯光旖旎的巷子；走进名人传记的震撼里，如同走进了一间励志的画廊；走进林和靖与陶渊明的世界里，如同饮了一碗提神的冰水；走进魏晋文人的狂狷里，如同走进了一处豪放的道场。

与一本书缠绵，不是与个中字句缠绵，也不是与作者或人物缠绵，而是与书中的精魂促膝交谈，融汇在心，心灵绚烂。

与一本书缠绵，不是偶尔一会，而是长期为之，常读常新，心思逐渐专执，心智逐渐成熟，心灵逐渐清明，心神逐渐淡然。

与一本书缠绵，在寂静的流年里来一场彻读，你会觉得日子是明丽的，步履是踏实的，容颜是年轻的，读书亦能养颜，其实修的是气质。

与一本书缠绵，在纷扰的俗世里，给自己一剂清醒的茶汤，给自己一份寡淡的心境，给自己一种坚定的信念，当下笃定，前程鲜花绚烂。

与美食缠绵的是饕客，与美景缠绵的是旅客，与身体缠绵的是瘾君子，与书缠绵的才是贤德。

在一棵槐树下过端午

农历五月的田野,风致到底是不同了。草木像是挣脱了缰绳的小兽,撒欢疯长,天气也逐渐热了,吃过早间的第一碗皮蛋瘦肉粥,额头微微冒汗。早些年在乡间,正是麦香四溢的好景象,听得到卖粽郎的叫卖声,端午就要到了。

故乡的老屋前有棵大槐树,每到端午前后,树冠葳蕤,我喜欢坐在树下过端午。槐,可不就是"怀"吗?每到这样一个节气,就会怀念一个人,屈原。尽管我只是从历史教科书上、文学典籍上读到他,在我看来,这样一位喜欢佩戴香草、能吟诗作赋的男子,穿越时空,与我神交已久。

每到端午,就诗情恣肆。这是屈原与我们的隔空对唱。各大电视台都在轮番制作播出"端午诗会",乡情满满,浓情款款,怀念一个人，凭吊一种气节，用诗歌的方式，志同道合的人们邀约在一起，举杯品茗，曲水流觞，这是从古至今一以贯之的雅集方式。

我生在广袤的皖北平原上，这里的农人朴素善良，他们也用自己的方式过着端午。先到村边的清溪之畔"访"一些苇叶回来——皖北人对于采集苇叶，喜欢用"访"这个字，足见对苇叶的尊重。这些依水而生的芦苇，郁郁葱葱，摇曳在水之湄，它们也像是穿越时空，幻化而来的诗人。

苇叶访回来，包上大米、糯米与红枣，包裹成菱角一样的形状，用细线扎好，放在笼屉中蒸煮一个小时左右，粽香满屋，打开来吃，黏糯无比，苇叶的香气、糯米的质地、红枣的甜融合在一起，像是一粒炮仗，在味蕾上炸开。

五月里来槐荫好，谷萌雨透之后，天地被小麦覆盖了一层金色。麦穗黄了，新茶也下来了，在槐树下搬了条桌、小凳子，坐下来，飘香的粽子，秀色可人的绿豆糕，一杯绿茶，或者只是嫩竹叶茶，放在一起都是绝配。

端午，我们是要端着架子，怀揣着饱满的仪式感来过的。夏天到了，阳光正好，在这样美妙的一天，可以是"解粽节"，可以是"菖蒲节"，也可以是"诗人节"，祖先为我们留下了可供继承的优秀文化遗产，我们只需要慢慢传扬即可。当我们解开粽衣、举起杯盏的瞬间，莫忘那些在历史上远行的伟岸背影。

想到这里，再望一望头顶上方那亭亭如盖的槐，从阳光照下来的细碎光斑，似乎可以觅到先贤们朗润的目光。

怀抱一颗听雨的心

听雨,是怎样美好的情境。不在城市的高楼,楼台昂起高傲的头颅,距离地面太远,只能听到雨打塑钢窗和雨搭的啪嗒声,这声音里裹挟了太多工业化的气息;听雨,当在篷窗竹屋下,春雨淅沥,夏雨倾泻,秋雨沙沙,冬雨如凝,乡野,茅舍,每一季雨声里,都有一位素人在窗前记录着。青灯黄卷,红袖添香里,都少不了雨声的浸润。

开轩,面前是一方姹紫嫣红的园子,花开得汪洋恣肆,在雨声里,花重,叶绿,草虫喑哑,幽静的园子,因为这叮咚的雨声,打破了一片安谧。

闭门,哪里也不去,晴耕雨读,效法陶渊明:"怀良辰以孤往,或植杖而耘耔。"这样好的时光,就应该一个人独处的,在雨声里思考，在雨声里顿悟，天晴了，兴许有虹，挂在田畴的上方，好俊俏的一只发卡呀！扛着锄头、镐头下田里，地太湿，只能在路边，以锄为杖，看雨后初霁的美景，听禾叶上水珠滴落稻田的声音，田野是一部大书，那是雨声的跋。

怀揣素心向小园，心远地自偏。若要思维走得深远，处在闹市，势必有些"为赋新词强说愁"的意思，还是要到田园里去，像郑板桥一样："茅屋一间，新篁数竿，雪白纸窗，微浸绿色，此时独坐其中，一盏雨前茶，一方端砚石，一张宣州纸，几笔折枝花。朋友来至，风声竹响，愈喧愈静。"多好的田园小景，似一枚枚册页，散落在词语的汪洋里，也醒目在我们的脑海里。

是的，听雨只是一种形式。我们脚下的土地是主调，雨只是它的背景，是一种和声。在雨声里，遮蔽一切的繁杂与喧嚣，用密密的雨幕织就一种安谧的心境，我坐在自己的道场里，沉沉以思索，清新以创造。

我一直也觉得，有些人灵魂里也是有些"雨意"的。譬如陶渊明、林逋、梭罗，他们为了一颗草木悠闲的心，用一种山野、湖光、草虫、四季所织就的道场，来圆满现实生活中的缺憾。俗世如荒漠，他们的灵魂里怀揣一场淅淅沥沥的小雨，把自己的心怀浇灌得滋润自在。譬如元杂剧《赵氏孤儿》里的程婴，为了救他人的孩子，不惜牺牲自己的骨肉，这是怎样的家国情怀？再譬如著名诗人苇岸，得知自己患有肝癌之后，也曾意志消沉，但在其收到朋友海子的一句赠言之后，他觉醒了，释然了，果断地走进了乡野，专注于了解大地上的事情，写出了不朽的佳作。海子写给苇岸的话就是："忍受你必须忍受的，歌唱你必须歌唱的。"我一直觉得，这句话里是藏着一阵雨、一脉泉的，滋润着苇岸的余生。

是呀，听雨以阅世，这是何其幸运的一件事，有时间听听雨声，是何其奢侈的一种光阴。作家黎戈在《各自爱》里说："怀抱一颗听雨的心，才能安贫乐道。"这样一种安贫，是何其的心安和欢悦，这样一种乐道，是何其逍遥自在。贫=分+贝。一寸光阴一寸金，贫，就是把琐细的光阴，一寸寸用心来收藏。

常拥古书可慰怀

秋来风紧,气候干燥,周末,泡上一杯普洱,翻开《世说新语》,魏晋文士人的疏狂与怪诞,恰似一股春风,慢慢晕染心灵。

我是一有闲和钱就要进书店的,我不轻易读今人所著之书,若读,也是五四以前的书籍,这些书有一些古意,如陈酿之酒,可慰今人寂寥胸怀。黄庭坚说:"人胸中久不用古今浇灌之,则俗尘生其间,照镜觉面目可憎,对人亦语言无味也。"是呀,常读古书,如同与古人促膝对谈,古人智慧,恰如远处山头上的清泉,滴滴落到我们这些在山下濯足的人身上,也融入心扉。

古书,可以是线装的,每两个对开的页面犹如古人的思绪连篇累牍而来,组着团、排着队犒劳你的心灵,使你目不暇接、有畅快淋漓之感；也可以是胶装书，泛黄的书页，醒目的铅字，规整的版式，每一样都能看出古人的正统与严谨；还可以是手抄本，从古人的字迹中更能感觉到那个时代的机巧与趣味，字脉里更易感知古人的心脉。

古书，是沉淀了多年的一汪水，清澈明净，天光云影都在它的心空里徘徊。而怀拥古书的人，犹如在深水里游泳，可仰泳，可蛙泳，也可以扎一个猛子，游泳上来，还原一个崭新挺拔的自我。

其实，阅读可不就是游泳吗？张岱在《夜航船》中记述："南海有虫，无骨，名曰'泥'。在水中则活，失水则醉，如一堆泥。故诗人讥周泽曰'一日不斋醉如泥'"。

"一日不斋醉如泥。"一日不读书，也会让自己觉得面目可憎。我的感触颇深，若是三五天不读书，就觉得心里空落落的，宛如一大片土地，却不生草木，荒凉得让人心慌。阅读，好比耕耘，而怀拥古书，就好比亲手撒下古莲的种子，撒在心塘，静候满塘的花开。

怀拥古书，犹如对面坐着一位忘年交，为你把脉心灵，为你指点迷津，为你开拓前路。

近来，由于从事文化旅游行业的缘故，将故乡亳州历代的史志进行重读，每读一个版本，脑海里便展现出一个时代的画卷，斯时人，那时物，以及当年的人文都跃马扬鞭，纷纷跳入我的心怀里来，这样一种阅读，真可谓别开生面的心灵游历。

阅读，从来都是自己的事，由不得别人掣肘。古书，也是特立独行的智者,往来于岁月的风口,在时光的巷道里,我们踽踽独行,与古书撞了个满怀,犹如久旱之土逢见了一场雨,内心立马温润起来。

常拥古书可慰怀,常念故人可濯心,常识旧物可增智。

人生不需要太多的炒作

前不久,在异地搞过一次签售,由于我是"外来的和尚",在异地并没有把自己的"经"念得出彩,因而远远不如本土作家的签售做得好。我的签售台前只有稀稀拉拉的一小队人马,而他们当地的作家却趋之若鹜、人头攒动。

后来,有人拿我的签售说事,说我太不会自我炒作了。我没来的时候,他们本土作家已经在报纸、电视上连续炒作了近半个月。我初来乍到,哪里是他们的敌手。

我反驳了这人对我的劝诫,我认为,本土作家之所以火爆,是他们接地气的缘故。另外,他们也确实实力超群,我与他们相比,实力有悬殊,亲和力不足,而客场作战仅仅是极小的一部分原因。至于"炒作",就更无关系了,只不过是给我找个台阶下罢了。

炒作的功用大吗？的确，我们不否认其功用，但是，转念想一想，如此炒作，确实有些胜之不武的嫌疑。

2007年，由赵本山、宋丹丹、牛群主演的小品《策划》在春晚上演，将时下娱乐圈和文艺圈的炒作之风批得入骨三分。其实，炒作并非今人的独创，炒作之风古已有之。

西晋著名文学家左思刚刚写完《三都赋》的时候，交给众人品读，却惹得一片讥讽，他们说三道四，争议远远大于叫好声。后来，左思不得其解，就去问张华，张华看了《三都赋》以后，拍案叫绝，说，你这本书和《二都》《二京》鼎足而三，只是因为没有人帮你推荐罢了，否则，定然声名远播。左思听了张华的话后，就去拜访当朝名士皇甫谧，皇甫谧看了以后，甚为欣赏，赶忙给左思写了一篇推荐文，自此以后，先前所有对左思文章指点奚落的人，全都夸左思写得好了。

这则故事，被记录在《世说新语》里，原来，魏晋时期就有炒作事件发生了，而且如此成功。

炒作并未就此终止，左思之后，又有庾仲初。

庾仲初写完了《扬都赋》以后，拿去请庾亮帮着"炒作"，庾亮念在与庾仲初同宗的份上，也效法皇甫谧，写了一篇文，说庾仲初的《扬都赋》可与《二都》《二京》《三都赋》一起，并列第四。这一做法果然奏效，庾亮的赞美一出，一时间洛阳纸贵。后来，这事被谢安知晓了，谢安说，这样相互模仿，无异于屋上架屋，丝毫没有新意，非常不妥。

谢安的话一出，再也没有人敢这么"炒作"。

当今社会，人心浮躁，导致某时某人必须依靠一些"非常手段"来"抄近道"，这种做法，说白了，是"讨巧"，说难听点，就是"急功近利"。面对社会的浮躁，我们不妨给自己的"冲动"关一关"禁闭"，泼一盆冷水，让自己冷静下来，多一些慎思和笃定，多一些大气和沉稳。

因为虚浮总被雨打风吹去，到头来，还是稳重踏实的人笑到最后。

这一日,我决定出发

这一日,我决定出发。

不再犹疑,不再彷徨,不再患得患失,不再怕狼怕虎。

人生中的太多事不是抵达,而是出发,鼓起勇气,抛却杂念远行,把案牍劳形都一股脑儿扔进壕沟。

去泰山,去曲阜,去枣庄,去周庄,去丽江,去大理,去每一个我平常想去而又不能去的地方,或是不被批准去的地方。

买了张火车票,我撒丫子就跑,从售票室到站台的百米距离,释放了压抑太久的心绪,如《肖申克的救赎》里安迪终于越狱成功。

爬上泰山的天街,发觉自己第一次距离天空这么近;看过曲阜孔庙里用来帮书本躲避焚难的"鲁壁",第一次发觉书是这么宝贵,值得人冒死藏匿;去过丽江的小镇,才发现世外桃源原来就是这个样子;听过大理崇圣寺的诵经声,才发觉原来还有这样一种悠闲、坦然而又蕴意深邃的清音!

风景原来真的在路上,而我们却一直饥肠辘辘,眼巴巴地听别人说,某处是如何如何的好,如何如何让人神往,有朝一日真正身临其境,终于心满意足,也终于发觉自己来晚了,错过了早春的景色,好在还有霜天在,枫红在,流水不丰沛,总还算清澈呀!

在泰山的天街上,遇见一对相互搀扶的老人,他们是一起爬上泰山的,在天街牌坊前幸福地留影。阿婆告诉我们说,30年前,他们在泰山认识,半年前,老头患病动了手术,他们相约,等他痊愈后,要再次到泰山来,这次终于如愿。山色不改,我们容颜却爬满了皱纹。风景还在,时光却不等人呀!

是的,趁腿脚还灵便的时候,不妨走一走,身与心越走越健朗。身体支持心灵,乘物以游心,心灵辅佐身体,此番别过明日再上征程。

丽江小镇的旅馆里,遇见一个怀抱吉他的男子,面容干净,穿着一身牛仔服,反复地弹奏同一首叫不上名字的乐曲。旅馆的老板说,这首歌是他写给一个姑娘的,如今,姑娘已远嫁一个他不知道的地方。他们一起来过这个旅馆,在月光下弹过这个曲子,现在,只有感怀的机会了。

错过,势必要难过。难过了,不妨收拾旧山河,从头来过。在回首的老路上,遇见新的人,找寻新的珍重,付出新的真心。

有人说,人至少有两种冲动才不枉费自己的一生,一是奋不顾身的爱情，二是说走就走的旅行。何等的快意人生，何等的当断则断，何等的爽快江湖！

我心如花不待风

"自落"这个词,用搜狗敲出来,竟然连"自若"也跟着出来。不过,仔细想想,花儿静静开、自己落,没有人去采摘和打扰,在自然的怀抱里不也泰然自若吗?

如此去留无意、宠辱不惊的句子,渗透着浓浓的禅意。云卷云舒是云的事,鸟飞鸟栖是鸟的事,花开花落才是我的事。

人心亦是一朵花。它可以选择明媚,也可以选择阴雨,可以选择晶露,也可以选择云雾,高兴了,我就敞开心扉,开怀一笑,千娇百媚。

吉田兼好法师在《徒然草》里写了这样一句话:"人心是一朵不待风吹而自落的花"。此语一出,可谓惊艳了无数世人。

许多人的心有时候太过拘泥,过多地考虑为别人而活,看别人的眼色吃饭,靠别人的冷暖喜悲。这样的人生,过多地掺杂了别人的需求,自己的那一部分越来越不纯粹了,直至失去了最纯粹的自我。

最幸福的人生还是需要"活得自我"一些。像林夕所说"我就是我,颜色不一样的烟火",干吗非要千人一面,干吗非要趋之若鹜和一味附议,人应该有自己的主见,否则,就只有被忽略的份儿。

有一个词叫"释怀"。从字面上看,是"释放怀抱"的意思,好比一朵花蕾,张开了花瓣,袒露自己的心事(花心)给世人看。为这个词,唐朝李翱面对朋党倾轧,看不过去,还写有一篇《释怀赋序》,劝人释怀,引起世人惊叹。"释怀"这个词,在佛家人看来,还有另外一种解释,那就是"佛家人的胸怀"——佛家人基本都姓释迦牟尼的"释",所以才这样解释。

这么说,也不无道理。佛禅多半教育我们要学会"放下"。放下屠刀立地成佛,放下功利内心清明,放下贪念内心无私,放下偏见拾起公正。

人心是一个千古难解的命题。如今,太多的读心术书籍充斥着市场,单靠那一两本书,就能了解别人的心,岂不是痴人说梦?我们有功夫花心思读取别人的心事,不如沉下心来关照自己的内心。生活中,太多的人认识别人很容易,"认识自己"却难上加难。如此,你把别人看得再清,又有什么用途?除非做些魑魅魍魉、偷心耍诈的伎俩罢了。

有人说,一本《红楼梦》,就是曹雪芹自我的大宣泄。只不过，这种宣泄的方式，不是空发牢骚，而是从"自我"出发，把世事描摹成了"一朵花"。最终，群芳香消玉殒，曹雪芹也名扬千古。对于《红楼梦》来说，或者说，对于他本人来说，他就是自己的"青帝"，因为，他做了自己内心的主人。

在故乡读的书

犹记得在故乡的土灶前读《山海经》,灶膛内柴火哔剥作响,脸颊映得通红,树里的怪物一个个跳出来,植物在我的面前铺展开来,给我一种湿漉漉的气息。

我喜欢在锅灶前读书,锅里煮着红薯黄豆稀饭,锅里的水沸了,"噗噗"声很能给人以食欲。翻书阅读,书香、食物的香味和烧锅用的秸秆香掺杂在一起,这才是最纯正的人间烟火。

也看《聊斋志异》,那时候,乡村的少年都爱看这本书,感动于书中的书生与狐仙的惊世爱恋,有才华的书生都这么招惹妖怪们喜欢。当然了,几乎每一位乡间少年都希望自己能逢见一位貌美的女狐,然后发生一场旷世的绝恋,轰轰烈烈,惊天动地。那时候,没有什么好羡慕,也没有多少偶像可追,《聊斋志异》

里的书生们就是最佳仰慕对象了。

早年的故乡真的没有多少书可读,最饥渴的时候,就连墙上的报纸也能扯下来看上半天,再有就是一些《七侠五义》之类的书,全由评书改编而成。其余,就是折了角的连环画了,看得最多的是《红楼梦》,一套好多本,翻来翻去却看不明白,其间充斥了不少小小年纪本不该有的情怨。还是看《李元霸》《少林寺》《大地恩情》之类的,充满了江湖豪情和快意恩仇。少年嘛,多少是要有些侠义心肠的,这样有助于一个人明辨是非。

有人认为,少年读书,如隙中望月。尽管只是一条"缝隙",但往往这样看到的事物,读到的文字却是最难忘的。加措活佛说:"我们来到这个世上,每个人都背着一个空篓子,而人的一生,就是不断地往自己的篓子里放东西的过程。"阅读,尤其是最初的阅读恰是被我们捡起来放在篓子里的最早事物。

在遥远的故乡生活的时光,幸亏有了一本本书,这样的岁月才不落寞。闭塞的乡村给了我无处追寻、无法辩驳的溺爱,感谢故乡,那时候的她贫瘠,却用一本本泛黄的书页锻炼了我的想象、丰富了我的生活。

一个人,一本书,一段童年,这是怎样一则人生命题?此刻再回味,心中仍在涌动着异样的甜蜜。

在故乡读的那些书,让一个少年的时光不再庸碌。

山月不知人事改

三年前去山东某景区开笔会,遇见一帮风华绝代的文友,相谈甚欢,会后,由于地域关系,联系较少。三年后,再开笔会,还在这个景区,人数有了增减,问起昔日某作家怎么没来,得到的回答令人愕然,因为身体原因,已经不在了。

得到这个消息,我望向窗外,一轮满月,人却隔开两世。想起三年前他踌躇满志,发誓要写一本惊世骇俗的小说,三年后的今天,小说过半,而他却以自己的离去向我们印证,生活本身就是一部离奇的小说。

生活哪能都像丰子恺所言?——"人散后,一钩新月天如水",丰子恺的月是知趣通灵的。

大多数时候,还是苏轼所言:"何事长向别时圆?"苏轼的月总是这般冥顽不灵。

尽管嫦娥在，玉兔在，吴刚在，月是没有灵性的，她哪里晓得月下人的辛酸和痛苦？即便是玉兔捣药再灵，恐怕也不能让世间每一个受伤或伤感的人都"对症"。

"山月不知人事改"，夜阑还照深宫。好不解风情的月呀！

这不禁让我想起波兰作家切斯瓦夫·米沃什的《窗子》。

黎明时，我向窗外望去，

看见一棵年轻的苹果树在晨光中几乎变得透明。

当我又一次向窗外望去，

一棵苹果树缀满果实站立在那里。

或许经过了许多岁月，

但我记不清在睡梦中发生了什么。

浮生若梦，梦醒后，往往梦里的人和事早已不知所踪。想当年，米沃什为避战乱，也有过一段流亡的时光，在流亡的某个夜里，米沃什也一定有过孤枕难眠的时光。兴许，透过他躲避炮火的某个房舍，他也曾看到月光，彼时的月，说不定也是圆的。

但米沃什无疑是睿智的，他从这轮原本具有嘲讽意味的满月里读到了坚强的意义。他曾在接受波兰一家媒体采访时："你如何在描写苦难的同时，又对罪恶表示认同？如果你真的认为这个世界是令人恐惧的，惟一正确的态度似乎就是否定它。"

是的，否定它，是对这个世界善恶的一种抉择，是一种分开山河的气度。一样的月光，在不同的人眼里，或花开凝露，或人迹板桥霜，然而，谁又能说花开和落霜不一样都是这个世界的美丽景致呢？

"山月不知人事改。"每每读到这句，都会想起陈寿"天下大事，分久必合，合久必分"的句子，离合都是人生的常态，我们不妨像米沃什一样，在悲欢的田野，挎个篮子，分别时，捡起伤感的诗句，在相聚时，拾起豪迈的段落。

一样的月光，不一样的你我，理应有着一样的回味绵长。

有炊烟的地方就是天堂

　　故乡的井沿上,一群热爱《圣经》的阿婆在安详地唱着圣歌,那些日子风和日丽,圣歌缓缓,如山泉一样在日子深处流淌。圣歌唱毕,阿婆们会从井里提上来一桶水,然后,做祷告后,各取一碗痛快地喝下,如吃圣餐。

　　我也曾喝过这种水,甘洌清凉,仿佛浓缩了大地深处的无限虔诚在里面。

　　然后,我发现阿婆们还会把喝剩下的半桶水用来浸泡手,她们各伸一只手在桶里,从上方看这只桶,一双双手,或布满皱纹,或皮肤松弛,或青筋毕露,但在这桶水的浸润下,仿佛有了丝绸一样的纹理和光滑。

　　阿婆们在泡手的时候,最喜欢讨论的事情总是关乎一个词:

天堂。

这些阿婆们,没有太高的文化,充其量也就是上过初中,有的上的是私塾,还有一些是文盲,她们不会说出牧师嘴里那种如散文诗一样精致的句子,但她们说的都是朴素的箴言。

她们你一言我一语,总是关乎天堂。

有的说,天堂就是天天都有小葱拌豆腐的地方。我超爱吃这些白白嫩嫩的小东西,吃下去,心里总觉得无限安稳。我觉得,心里一静,天堂就像大伞一样罩在我的头顶上。

有的说,天堂就是有海的地方,我家老头子一辈子都想去海边。我们这边是大平原,哪里会有海呀,我家老头子开春还说要划着小船儿,和我一起去海边儿钓鱼呢!没想到没熬过春天就走了。老头子临走的时候告诉我,他要去海边儿钓鱼了,我想,那一定是个好地方,不知道有没有人愿意给他做最爱吃的红烧鱼。

有的说,天堂就藏在我小孙子的摇篮里。你不知道那个小家伙,吃饱了就睡,睡的时候还在梦里笑。我想,他一定是梦见了上帝,在摸着他头顶上的那撮小黄毛呢!

我奶奶也是众多阿婆中的一位。关于天堂,她是这样理解的,她说,我有6个孩子,天堂就在他们每个孩子的家里。周末的时候,孩子们都到我这儿来,不用我伸手,他们就能做出一大桌可口的饭菜。我只要坐在村口的榆树下抽水烟儿就好了,我家烟囱里的炊烟熄了,我拍拍身上的落叶回家去,回到炊烟满院的家里,天堂就搬到我家来了……

一群阿婆相视而笑。

这是故乡井沿儿上最幸福的时光,那时候的我还是个孩子,如今,这些阿婆中的多半都已经驾鹤西去,用她们的话说,她们是去天堂聊天去了。如今,村口的井被填实了,奶奶喜欢坐在井沿儿的原址抽烟,干瘪的两腮一起一伏,如丰收的稻浪迎风而舞。

奶奶抽了一辈子烟,至今也没有戒,爸爸说,还是别戒了,那是她的寄托之所在,烟丝的明灭里,也藏着她的天堂呢……

遥想最美夜空

天上星，亮晶晶，挤眼睛，蹙眉头，是你的脸蛋痒，还是风儿吹得你的眼睛冷。星星星星等等我，回家拿条棉被来，扔上天空作银河，帮你驱风又挡冷。

——这是小时候母亲常常为我哼唱的一首催眠歌，无数个在乡村生活的夜晚，幼年的我都是听着这首催眠歌，望着邈远天宇里挤眉弄眼的星星睡着的。梦里，我插上翅膀飞上了天，一颗又一颗星星驮着我，把天上的宫殿都看了个遍。好多次，我都是笑醒的。母亲问我做了什么梦，再次回忆，却什么也记不起来，就像我记不清天上有多少繁星。

童年的乡村夜空明亮悠远，月亮上的玉兔、桂树越看越像。银河如练，挽在某一片天宇上，甚为好看。最美的是夜空里或蔚蓝或漆黑的主体，有月那叫一个清澈，有星那叫一个深邃。

有人说，开发孩子想象力的事物，要么是父母的睡前故事，要么是幽静的夜空。若你恰巧是一个在乡村长大的孩子，甚至不需要父母为你讲故事，初夏的晚上，搬一张网床在院子里，望着夜空慢慢睡去，比任何故事都美妙，比任何童话都神秘。

太过明亮的白昼天空多少有些刺眼，让人不敢直视。最平易近人的还是夜空，它给每个人都提供了一样的视野，一样的素材，让我们去欣赏，去领悟，去想象。不管这个世界上的人是穷，是富，是贵族，还是平庸，机会都一样多，天空从不挑三拣四，也不分门别类，一律一视同仁，对谁也不偏颇。

那些是夜空下的树，默默吐着绿，茂盛着自己的枝叶；那些在夜空下深居简出的猫，精灵一般，蔚蓝的眼睛像两盏探照灯；还有那些草丛里飞出来的萤火虫，和夜空里的繁星交相辉映，它们也是落入草丛的星星。

城市里没有真正的夜空，霓虹扎眼，车灯闪亮，整个城市都是一片光的海洋。真正的夜空在乡间，在一望无垠的田野的上方，万木葱茏，树顶再向上是飞鸟的翱翔，飞鸟丢在天空一句梦呓，那个地方就有了最纯粹的夜空。

夜风摇荡，月朗星稀。我抱着女儿在父母居住的乡村玩耍，三岁的女儿抬头望见了月亮，笑嘻嘻地指着让我看："爸爸，看，天上有个肚脐眼。"我笑出眼泪来，女儿竟然把月亮看成是天空的肚脐眼。平日里，城市的广场再大，抱她望月的时候，她也没有这样说过，显然，是幽静的乡村夜空开发了女儿的美好想象力。

  这个世界真有天堂吗?我常常这样想,若是真有,那也应该是乡村夜空的模样吧!

你若清澈如昨,我便欢喜婆娑

毕业十年,再聚会时,看同班同学的眼神,太多的人已不再似往日纯真清澈了,不堪的世俗生活,庸碌的浮生冷暖,搅浑了太多的人的"眼井",即便是现在还有许多惊魂不定。

席间,A君满嘴段子,这些段子中,有不少是荤段子,这和以往那个害羞的他判若两人;B君原本性格开朗,现在再看她,低着头、噘着嘴在摆弄手机,好像是在跟谁赌气,原本的阳光脸庞荡然无存;C君的变化就更大了,开席不到三分钟,就喝了几杯白酒,索性把自己灌醉了,且舞且歌,挥泪如雨,不知受了怎样的委屈;再看D君和F君,躲在一旁说着悄悄话,上学时,他们就关系暧昧,后来因为距离分道扬镳,如今各自组建了家庭,据说,还不时玩着暧昧,长此下去,恐怕真要成就了"同学聚会,拆散一对又一对"的魔咒……

吃饭的时候，大家都冲着G君笑，G君还是学生时代的做派——白衬衫，常常喜欢扣上第一粒纽扣，办什么事情都讲原则，中规中矩，不喜欢别人跟自己开玩笑。据说，G君现在做的事情就是针对社会上一些不文明的现象，在网上发帖，拨打行风热线举报，总之，给人一身正气，目前还是市政府的行风监督员。大家之所以笑他，是因为岁月仿佛在他的心上没有留下丝毫痕迹，他依然故我，保持着自己的天性，岁月的风刀霜剑丝毫没有改变他内心的容颜。

我觉得，我反倒很喜欢G君，我一直望着他的眼睛，依然澄澈得像一汪潭水，内心的风波和游鱼一览无余。跟这样的人在一起，让你觉得心里陡生一种安全感，至少他不会与你耍心机，不会跟你使坏。

席毕，我们去了KTV，有个女生点了一首《追梦人》："让青春吹动了你的长发让它牵引你的梦，不知不觉这城市的历史已记取了你的笑容。"哲人说，永远不变的是变化，人真是会变的，而这些变化，容颜会记载，眼睛会潜移默化地改变。

眼神，眼神，眼真能传神，它是心之门户，心灵有了变化，都会反映在眼睛里。

岁月泥沙俱下，我们扛着爱人、孩子、房子、车子向前跑，保全了生活，有时候却荒芜了心灵。很多人却对自己的改变浑然不知，乐此不疲着自己的改变，甚至对自己的现状沾沾自喜。

穿越俗世的风烟，我们从雾里看见淡然盛开的百合，它是岁月深处悄然绽放的一朵真。至今记得那次同学聚会，记得至今单身的成功男士H君，他之所以单身，是因为找不到自己心仪的"单纯"。H君说得是夸张了，单纯的女孩哪能像他说得那般难寻？只不过是缺失了，很少了，或者是因为他本身的原因，从他的视线里迁徙了而已。

人生这条路，我们且行且珍惜，且行且寻觅，回首处，才发现，许多人，许多事，在许多人看来，都是昨日的好。

崔护说，"去年今日此门中，人面桃花相映红。"估计说的也就是这个道理。

你若清澈如昨，我便欢喜婆娑。

十月，收藏一片黄叶

十月，万绿开始转黄，从气焰不再嚣张的叶子上，看到它的丝丝络络，秋虫在上面细数着秋叶的纹路，时间就这样渐渐走向了秋天深处。

小时候的我曾经暗想，叶子渐渐变黄与人渐渐变老，是不是一个逻辑，一条脉络？

草木有季节轮回，人是不是也一样？

好奇怪的想法。后来，奶奶告诉我，人呀，有时候，就像是一片树叶：故乡是它的土壤，树干是他的父母亲人，朋友是他的阳光，社会是他的空气。

奶奶没上过学，这样的修辞手法却是她的擅长。

奶奶还说，秋天是一年中最美的季节。秋叶渐渐褪去绿意，不再像以前那样肆无忌惮地炫耀自己的色彩了，慢慢黯淡，慢慢隐忍自己，就成熟了，就成长了。这时候，你若从树上摘下一片叶子与春天的叶子相比较，韧性足了，脆性少了，叶子的质地更坚实了。

　　树叶走向秋日，好比人走向心智上的成熟。从前，小小的我们哪里懂得在乎别人，毫无保留地释放自己，表现自己，丝毫不顾及别人的感受，直到伤了身边人的心，好多人离我们远去。

　　奶奶指着一片秋叶跟我说，树叶尚且懂得在果实飘香的时候，"熄灭"自己的光芒，留一份光华给它们。待到果实采摘完毕，树叶就又想：果实都归仓了，我的使命也完成了，翩然地落在大树的脚下，这又多像长者对小孩子们的无声爱护。

　　听了奶奶的话，我从9岁开始，每年都要收藏一枚不一样的黄叶，夹在我的书页里，当书签用，也是为了时时提醒自己，像一片树叶一样做个智慧的少年，做个成熟的青年……

　　十月来临，秋风爽劲，走在林荫道上，不时有一枚枚落叶打着旋儿落下，这是最美的音符，也是最炫的舞步。

迁徙的梦想，不迁徙的内心

我15岁以前，想得最多的一件事就是能穿一件像样的新衣服，那是贯穿我整个童年乃至少年时期最顽强的梦想。

我生在农村，家庭经济条件很拮据，加之妹妹生病，父母一直是靠外祖父接济度日。10岁以前，外祖父每一次到我们家来走亲戚，都是拉着一辆板车，板车上盖着一块油布，油布下，外祖母总会偷偷摸摸地放上去半大盆面，一些青菜，也给钱，也总是背着人给。外祖父深知，父亲是个要面子的人，即便是接济，也要考虑父亲的面子。

那时候，隔壁有一位在军队做过"师爷"的兽医，60多岁，写得一手好字，常有人请他到镇上去写一些标语。每一天，都能赚到50~100块钱，在20世纪90年代，那可是一笔不小的收入。

于是，在父母的鼓励下，我潜心练字，我特意跑到集镇上，买来欧阳询、颜真卿的字帖，不知道磨秃了多少支毛笔，后来，终究字写得还算能说得过去，我就开始练钢笔字，字写得在校园书法竞赛里可以拿一等奖的时候，我才发觉，很多人都能在墙上写标语，漂亮的美术字很多老师都能手到擒来。

我的梦想也随之悄悄改变，我开始向往教师这样一种高尚的职业，不仅可以拿稳定的工资，有很多人仰望你，还可以在课外做点自己喜欢的事。

直到后来上了高中，我到了全校最能讲的一个老师家中做客，却发现，他过得也相当清贫。四口之家挤在一个不足60平方米的房子里，妻子常年有肺病，他也患有严重的颈椎病，母亲和孩子身体还算可以，但总让人觉得过得不够幸福。

高中毕业之后，我顺利上了大学，并开始零散在报刊上发表一些文章。那个时候，最羡慕的就是别人能够出版自己的个人文集。一天，一位出版社编辑找到我，让我为他的一本图书做校对，我开始间接涉足出版行业，好几本图书后面写的都是"特约校对"字样。那个时候，我开始用稿酬养活自己，也开始用校对得来的钱邮寄一些给家乡的父母。这个时候，我最大的梦想是做一位出版社编辑，工作的时候，做很多畅销书，业余的时候，练练书法，加入一些协会，结交很多朋友，家里经常高朋满座。

后来，这些梦想在我大学毕业前夕——淡化。我越发认识到，自己需要找一份稳定的工作，做一些有意义的事情。于是，我抱着自己发表的一大摞作品，走进了一家电视台。后来，我成了亲戚邻里眼中的骄傲，在一家城市电视台做了记者，业余的时候，可以写写自己的散文，出版几本集子，还成了中国作协会员，成为我所在的城市公认最有前途的青年作家。

可是，我很快发现，自己所写的作品还只是"初级阶段"，与高手和名家们相比，我的写作面还很单一，思想还不深刻，文笔还不老到。工作方面，我也需要很多的功课要做。

今年，我年过而立，回首过去的30年，我所走的每一步，都伴着"不安"，也可以说，正是这样一个个不安，让我逐渐走向了"安全"的驿站，然后，危机总又让我再次出发，迎接新的挑战。我短时期内总不会有多么伟大的梦想，但是，我在短时期内都能够阶梯式地走向并越过自己的目标。我的人生像是一场没有终点的跨栏，我眼里望着的总是前一个栏，然后，在克服现状的同时，不断提升自己的"心灵弹跳力"。

我坚信，生命中的某一些时刻，你可以没有稳固的梦想，但是，你一定要有稳固的进取心。这其中，或许饱含着幸福人生的全部奥秘。

那些青春期里的小小莽撞

那一年,我才15岁,在小镇读初三,枯燥的毕业生涯,面临家庭和学校的两重压力,我形容憔悴,胃口却极好。有一天,觉得嘴里淡出个鸟来,就打算兀自到小镇集市上去买一斤馓子(一种炸制食品,类似于麻花)。

溜达了半天,浪费我不少工夫,总算找到了卖家。谈好价格,称上一斤,卖家就要装袋子,我一看,这馓子也太少了吧,摆明是坑人,于是,我说,不要了,扭头便走。不料,刚走两步,就被那人一把拉住,说,你简直就是捣乱,这斤馓子,你要也得要,不要也得要。

我转瞬气不打一处来,挣扎着要走,一个孩子,哪有莽汉一样的卖馓子的人有劲,我挣扎了几步,还是被拽了过来。那一刻，我哭了，卖家非要我掏钱。这时候，从人群中走出来一个老人，前来说和，他用菊花一样的笑脸对卖馓子的人说："你看，你俩我也都不认识，别和小孩子纠缠，我一把年纪了，就当给我一点面子。"老人说着，就从馓子袋里又抓了一把进来，卖馓子的人还要阻拦，人群中一阵唏嘘，总算没有再拦。

那一天，我提着一斤馓子回到宿舍，全给室友们吃了，我一根也没有尝，并发誓，等自己长大了，一定要好好教训这个卖馓子的家伙。

7年后，我大学毕业，已经长成一个大小伙子，一次，路过集镇，看见那个卖馓子的人在冷飕飕的寒风里叫卖。我瞬间想起自己多年前受的委屈，并想起自己发过的誓言，尽管我这时候的身板足以教训这个刁钻的家伙，心劲儿却没了。算了，这个卖馓子的人或许也就指望着这个食品摊儿养一家老小呢，他也有他的苦衷，耍一些小摊贩的滑头，我就不与他计较了。这样想着，我瞬间释然。再想想，当年人群里哭泣的小伙子，反倒觉得自己可笑，竟然为了一把馓子赌气。

还有一年，我上高二，去市里的商贸城买衣服，衣服都买好了，走出去老远了，却莫名其妙地被店家拽住，说我在他店里花假钱。我使劲儿辩驳："明明好多顾客，你干吗非要说是我的假钱？"店家气急败坏地打了我一拳，说："我就看你像使假钱的主儿。"我这下恼了，破口大骂，又挨两拳，后来，有人报警，才帮我解围。事后，尽管店主一再向我道歉，还赔偿了些医药费，我还是暗下决心，日后一定让这个家伙加倍偿还，甚至想过打断这厮的胳膊。

多年后,我已经参加工作,再次路过那家店,店依然是他的,门可罗雀,并不景气。那个曾经打我的店家显然已经不认识我了。掐灭了手中的烟头,招呼我进店看看。我轻蔑地看了他一眼,走开了。

我用如此轻蔑的一眼报了多年前被打的仇。这不是阿Q精神胜利法,我觉得,这应该称得上一种健康的心态。

每个人青春期里都有一些小小的莽撞,这些莽撞在当时看来,是那样的理所当然,然而,时隔多年以后,我们逐渐长大,回首再看当初我们那些"理所当然",会觉得自己是那么的可笑,总之,那个时期的所有莽撞,都是成长中的稚嫩情怀在作祟。

不做流云愿为花

鱼在寻找水,其次才是空气;飞鸟在寻找林子,其次才是天空;种子在寻找土壤,其次才是发芽;我们每个人都在寻找家园,其次才是事业。

没有任何一条河会因为流水而放弃堤坝;没有任何一只饺子会因为肉馅儿而放弃面皮;没有任何一艘飞船会因为太空而放弃地球;没有任何一个人会因为外面世界的精彩而放弃母亲的怀抱。

钱钟书说,春天需要放在窗口里看才是美的。是呀,窗口给春天镶上了俏丽的边儿;王蒙说,河流是一种被辖制的自由。是呀,河岸为流水提供了宽厚的臂膀,并在上面挂满了繁花绿荫;艾青说:"为什么我的眼里常含着泪水,是因为我对这片土地爱的深沉。"是呀,唯有爱的深沉,才会永久扎根,同呼吸共命运,而不是任由它沉沦;泰戈尔说:"天空不会留下飞鸟的痕迹,但我已飞过。"是呀,有梦想的人,心有慧根,不会在任何一片空荡的天地久留。

任何舞步都有自己的章法;任何团体都有自己的规则;任何种族都有自己的风俗;任何人都有自己不可触碰的底线。有时候,带着枷锁跳舞才安全,信马由缰地跑下去,等着我们的或许已经是陷阱和泥潭。

自由是通过自己的努力所实现在一定区域范围内的通行证。这里,你可以翻跟头、打二踢脚、刀枪剑戟斧钺钩叉,出了这个"地盘",你的性格就要收敛,气焰就要"刹车",你身上的特权和桂冠都要被卸下来,你就要遵循那里的规则。

就像没有无所顾忌的举止和做派,也没有毫无拘束的自由。

苹果的自由是在枝头享受阳光雨露,苹果树的自由是把根深深扎进土层深处吸纳营养和琼浆;牛顿的自由是充分驾驭自己的想象力,飞驰到发现和发明的殿堂。

顾城写过一首名叫《忧天》的诗:

我仰望着夜空,

感到一阵惊恐;

如果地球失去引力,

我就会变成流星,

无依无附在天宇飘行。

哦,不能!

为了拒绝这种"自由",
我愿变成一段树根,
深深地扎进地层。

自由不是漫天的流云,跟着风跑,躲着雨走,看天空的脸色吃饭。

自由是土壤之上的花朵,在土壤的母体里,轻松愉悦地绽放自己的笑脸。

随叫随到的幸福

757年,洛阳。唐朝大军打败安禄山后,班师回朝。与此同时,唐朝文坛的赫赫有名的王维却因被迫在安禄山帐下任职,而陷入一场牢狱之灾。

得知王维身陷囹圄,作为好朋友的裴迪心急如焚,第一时间赶到牢狱,一边安慰王维,一边与他共话诗情。经过裴迪的循循善诱,王维写下了《菩提寺禁口号又示裴迪》一诗:"安得舍罗网,拂衣辞世喧。悠然策藜杖,归向桃花源。"

此诗大有归隐田园、不问世事的意思,字里行间也透露着无奈和悔意。裴迪深知,这对于搭救王维出狱大有裨益,于是,想方设法把此诗带出来,交给王维的弟弟王缙。经王缙之手转交唐肃宗,皇帝看了王维的诗以后,大赦王维出狱。自此,王维重获自由身。

从搭救王维一事，可以看出友人裴迪的智慧和仗义，大难临头，不顾安危，挺身而出，也让我们看出了两人的情深义重。大事难事看担当，落难时，看身边人的反应速度，往往最能考验朋友值不值得深交。

正所谓患难见真情。危急时刻随叫随到，是交情的表现。其实，平素的日子里，随叫随到，也是别有深意。

我们可以想象古诗词里那个"有约不来过夜半，闲敲棋子落灯花"的人，他的等待该有多么心焦？而与之相反，有事没事，饭点儿到了，一个电话打过来，电话那端，朋友飞身来赴，两杯小酒，几碟小菜，天马行空地胡说海侃着，该是怎样的惬意？

能够随叫随到，不计较吃食，不在乎得失，不讲究条件，这就是朋友。

张小娴在《友情的猪油》里写道："深夜两点钟来到猪油捞饭吃夜宵，本来没什么心机，但是一边吃一边听蔡澜说笑话，忽然觉得，有朋友真好。只要受一点苦，就有很多朋友关心你，甚至愿意熬夜陪你吃夜宵，说笑话给你听，本来怕胖，可为了感恩图报，也吃了小半碗猪油捞饭，吃的是友情。"

是的，深宵夜半，养生专家都说，这时候再吃饭是不健康的。哪里还在乎吃食？吃，只不过是一种寄托，吃的就是友情，吃的就是感觉，吃的就是温存。即便不吃，寂寞了，突然想喊一个人过来聊聊，一个信息发过去，不多时，门铃响了，那人如约而至，这就是在享受随叫随到的幸福。

与随叫随到相比，还有一种更深的境界，就是梦里回游。

白居易和元稹是一对过命的兄弟。两人同为一个时期璀璨的星斗，交情堪比海深。元稹因病而亡之后，白居易得知，在自家也挂起了白幡，以示哀悼。就在元稹死后多年，白居易还多次在梦里喊着元稹的名字——微之——微之——情真意切，令人潸然泪下。有白居易的《梦微之》为证：

夜来携手梦同游，晨起盈巾泪莫收。

漳浦老身三度病，咸阳草树八回秋。

君埋泉下泥销骨，我寄人间雪满头。

……

真是欲见而不能，只待梦回时。如此友谊，亲密无间的程度，比热恋中的情人还甚之。

雪还是你的雪，梦不是你的梦

曾经无数次梦见初中时学校后面的树林，梦见冬天，雪花纷纷扬扬地落下来，天地万物都在寂静地聆听它的福祉。鸟雀敛足而立，在雪地里寻它希望遇见的油菜籽或红高粱。散学的黄昏，太阳即将落下去，余晖照在晶莹的雪地上，如铺上了一层金沙。我们就是踩着这样的"金沙"，在校园后面生起篝火，背席慕蓉的诗，唱张信哲的歌，望着天外天的晚霞，聊着前桌或临近的婉约女生。然后，我们趴在雪地上写字，甚至可以不怕冷地睡去，被北风吹醒，梦还在嘴角停滞。

那是只属于少年的时光，也是匆匆驶过的马车，在我们心灵的雪地上碾过，年华越走越远，心中的太阳越升越高。经年以后再回首，才发现，雪化了，车辙也没有留下。到了中年，曾想过再去那片树林，树木更密了，树种更多了，雪还是一样的美丽，一如多年前的那些黄昏，而一起在雪地上嬉戏的人却天各一方，独自一个人想着在雪上趴一会，用沙哑的嗓音唱着张信哲的《回来》，背着席慕蓉的诗：

  总希望

  二十岁的那个月夜

  能再回来……

  一样的雪景，我再躺上去，却引来了散学的学弟学妹的围观，我这样异样的举止被他们说成"神经病"。他们哪里了解我们的年华，他们哪里知晓我们当年的梦呓。简简单单拥有一片雪，我们就是欢愉的，能在雪地上不惧冷且不被打扰地安然做个圣洁的梦，就是奢求。

  而现在不同了，不断更新的报刊，诱人刺激的好莱坞大片，缤纷的圣诞节，花店里斑斓的花，还有黑白巧克力，都结结实实地充斥着他们的眼球。校舍翻新，图书馆多亮堂呀，手打的铃音已换成电铃，下课铃再次机械地响起的时候，我以为他们会欢呼雀跃地扑向校园后的雪地，然而，他们没有，我这个怀旧的老学长被他们视为异类。

  雪还是我的雪，梦已不是我的梦。

  尽管诗人周梦蝶说："岁月从不着意薄待或厚待谁谁。"然而，每个人对于"厚待"和"薄待"的认知不同，这就导致了同一片雪景，心境可能炙热，抑或冰冷。

  也或许我们的炙热恰恰成了别人的冰冷吧！

第二辑 低头久立向清溪

一湾溪水,是值得人低头久立的。雨后的村庄,处处焕发着新意,土壤里,拱出来的全是清新的气息,在这样的村庄里行走,头脑水晶一样清明。侧畔有溪水流过,这样安谧的村庄和溪水,必然是有禅意的

露珠是河流写给乡村的信

露珠是在草叶上荡秋千的精灵。

这精灵,多借着夜色而来,天明后,和太阳打个照面而返。

太阳出来后,一个盯着晨光里、草尖上一滴露珠发呆的农人,要么是惧怕农活的懒惰,要么是繁重的农活还没有泯灭他心底的诗情。

河是地表上最丰腴的水肌。河流从不吝啬自己的财富,在夏天的时候,她总会把自己的水分托举到空中一部分,夜幕徐徐拉开,她再化作温柔的水汽滋润着绿叶,水汽顺着绿叶的脉络慢慢汇聚成晶莹的一滴水,那就是露了。

露珠,这是个多么可人的名字呀。宛若一名仙子,落到了凡间,小眼睛忽闪忽闪地惹人爱怜。也像是背着水草的乡下女孩,湿漉漉的刘海,眼睛单纯得如一面湖,藏满了天真。

看露珠,就要去乡村。城市绿化带上的露珠太浑浊,沾染了城市的喧嚣,如同那个背着水草的乡间女孩,被送到了城市的暴发户家里做了几年保姆,土不土,洋不洋,失去原来那种单纯的味道了。

俗事繁重,那些乡间草叶上的每一滴露珠都是一面球形的镜子,是专门用来逗你开心,让你心情愉悦的。

你想呀,一个人得有多大的忧虑,让他能遇见了露珠还心事重重?一个人内心要有多矜持,让他看见了露珠还绷着脸不绽放笑容?

一直喜欢《一帘幽梦》这首曲子里的词:"窗外更深露重,今夜落花成冢。"这样的词,因为有了露珠的参与,凄美而不凄凉。何以这样说?因为,词尾处写有浓浓的希冀:"若能相知又相逢,共此一帘幽梦。"

心情甩了个尾巴,最终,还是指向了阳光的方向,多亏了那滴露呀!

露是古代隐士的知己。我们可以想见,陶渊明荷锄在肩走向南山的裤管上有它的吻痕,诸葛孔明醉卧的竹榻上有它共枕,还有那个远在美国的伟岸男子梭罗,他的小木屋的屋檐上也应有露珠凝结,在风里跟诗人撒娇。

奶奶喜欢说的一句话和"露珠"有关。她说,夜凉时,不用人看瓜,有露珠帮着照看,一切的蟊贼呀,都怕露珠。"露"是败露的"露"呀,贼人若是偷了瓜,势必要仓皇而逃,匆忙的脚步势必要碰落庄稼上的露珠，庄稼失去了露珠，颜色更深一些，我们循着这样的痕迹，自然就能找到贼人的家门。

这是奶奶对于露珠的信任，也是对于露珠的感恩。田园里没有监督员，露珠成了维护公正的义工。

仁者乐山，智者乐水。古今智者，都是喜欢拿水做文章的，从唐诗宋词里，随便拈出几首，很可能就有河的影子。露作为河的使者，那就更不用说了，尤其是女性词人，一滴露里凝结了她们多少伤春抒怀的心思。

露珠来自清新的空气，那些湿润的水汽来自四面八方，它们的母体是河，河流太爱乡村了，露珠是河流写给乡村的信。信的内容是什么，恐怕只有静默的乡村自己知道。不！还有那些奔向乡村并流连于此的旅人，乡村的风从旅人的鼻翼掠过，这样的风里有着露珠的全部秘密。

蝴蝶有颗不倦的心

这年的冬天来得特别晚,第一场严霜落下的时候,快到腊月了,空气奇寒,走出门来,哈气几近成冰。

男人从工地上回来,一进门就唉声叹气,老板还是没有发工资的意思,若是上劳动部门告他吧,又怕老板因此就辞退他,毕竟男人已经49岁了,眼看着就要步入老年,找份工作毕竟不容易。若是不告老板,眼看着年关日渐逼近了,儿子就要回来了,下一学期的学费就成了问题。

尤其是男人听说最近儿子又交了女朋友,花销势必会更大,男人膝下就这一个孩子,老伴儿走得早,男人不想让儿子感到生活的压力,于是,时时处处将自己塑造成能量强大的父亲形象。

下午,男人想利用每周一下午的休息时间,到郊区去捡拾些废旧品，以贴补家用。

于是，下午，男人蹬上吱吱呀呀的三轮车出发了，天气到底是冷得很了，男人原本皲裂的双手在北风里"龇牙咧嘴"地疼，但男人一想到儿子的笑靥，心里就暖了，手掌心里仿佛也渗出汗珠来了……

一整个下午下来，男人的收获不少，整整一三轮废品，到收购站一变卖，就是70元，比一上午的工钱还要多。

接下来的每个星期，男人除了盼望老板的工钱，就是盼望这样一个下午了。

就这样坚持了三个星期，老板还是没有发工资的意思，男人决定用捡破烂得来的200元钱买两瓶白酒，到老板的家里去看看。他去过老板家，在一家并不怎样的小区，住一楼，记得地面相当潮湿。

掌灯时分，男人摸到了老板家，老板家的门是虚掩着的，门里，有个女人在嘤嘤地抽泣，听声音应该是老板娘。

老板娘哭着说："你这个败家的男人，眼看着就要进入年关了，要账的工人排队上家里来，你看看咱家，还有什么可以变卖？"

老板声音低沉地说："小声点，孩子马上就回来了，我相信过了年关，情况一定会好起来的。"

老板说着，然后走到门口去掩门，就在这时候，男人手里拎着的两瓶酒丁零一声碰在了一起，老板抬头一看，赶忙热情地打招呼："老吴，你怎么在这里站着，赶快进来。"

男人进了老板的家，看到哭得眼睛通红的老板娘，自己脸上反倒觉得火辣辣的。

男人支吾着说："其实，也没什么，我就是想到家里来看看。"男人说着，把手里拎的两瓶酒放在了桌上。

老板的声音几近哽咽地说："老吴，你甭解释了，其实，我也明白你的来意。容我两天，成不？"

男人看到老板娘低着头，豆大的泪珠滴在了地板上，突然觉得自己有必要解释什么。赶忙解释说："不不不！我不是来讨要工钱的，我不缺钱，我就是听说了你的处境，特地来找你喝喝酒，聊聊天。"

老板大喜，赶忙吩咐妻子去厨房炒菜。

那天，男人竟然奇怪到用一顿饭的时间去开导老板，老板却面露伤感，不言语。男人回到自己家的时候，才想起自己去老板家的目的，于是，一边对着镜子暗笑，一边洗了脚，拥被而眠。

第二天下午，又是放假时间。男人照例去捡拾废品，在郊区的灌木丛里，男人看到了四五只蝴蝶，伸展着翅膀，仍没有畏惧寒冷的意思。男人很是奇怪，天都这么冷了，蝴蝶却没有销声匿迹，还这么健朗。

那天晚上，男人仿佛一下子有了精神，他决定打个电话给儿子，殊不知，自己还未开口，儿子就欢天喜地地告诉他说："爸，我拿了奖学金，8000元，明年的学费您不用费神了！"

男人高兴得泪如泉涌，他把自己下午在灌木丛里看到的蝴蝶告诉儿子，儿子微笑着反问男人说："您有没有觉得，我们像是那些蝴蝶?"

男人会意地说着"是!是!是!"

挂了儿子的电话,男人决定到老板家去一趟,他要把自己在灌木丛里看到的景象讲给老板听,他还要把儿子讲的一句话告诉老板——每一只蝴蝶都有着一颗不倦的心,所以,它们总能飞越苦难的沧海!

踩在晨野的露珠上

因为弄丢了一条狗,我沿着城区的路一直走到郊区。

凌晨时分,我摒弃了城里人向上看的高昂目光,第一次向脚下的土地看,和农人一个姿势,一种心情,一种状态。

已经是白露时分,天气有些凉,我穿着粗布睡衣在乡间的小路上走着,寻着。这条狗是从农村亲戚家抱来的,我想它也许会怀乡,也许会念旧,也许和它乡下的老亲旧眷早就有了某种约定,所以,我就沿着乡间的路,沿着曾经抱着它走向城市的路寻找着。

在田畴间挖红薯的农人似乎也觉察了一个陌生人的怪异,停下手中的活计上前跟我搭讪,我说,我在寻找一条走丢了的狗。

农人大伯说:"你真逗,城里那么好的伙食,即使狗丢了,也不会再往乡下跑。"

我不以为然,我坚信,还有一部分狗是懂得坚守的,顺着路向前走。

我开始问路人:"你可曾见过一条狗,棕黄色,项间挂着一个铜铃。"

路人中,有的荷锄在肩,有的怀里抱着几根成熟的玉米,有的手里拿着一把火红的朝天椒……尽管他们行色匆匆,听到我的问话,他们依旧会停下来,虔诚地对我说"没有",或者是"还真没留意"。

乡野的树梢间,有雾岚做成的披肩,我顾不上欣赏;小溪里流动着从未有过的清澈,我来不及细看;还有那成片起起落落的麻雀,我也没心情和它们比赛脚力。

我心里装着一条狗,一心想着往前走。

不知道什么时候,我发现脚下的鞋子被沿途草尖上的露珠打湿,鞋头处显现出深重的颜色。太阳升起来了,我望着它绯红的脸长长地吸了一口乡间的空气,一种久违的甜在喉间萦绕。

再看脚下,我正踩在凌晨乡野的露珠上,从来没有任何一个时刻,让我觉得脚步如此轻盈,从来没有一个地方,让我觉得心是如此的纯净。

远方的村落里,炊烟袅袅,学堂里,书声琅琅,还有那些早醒的秋虫,在黄草苍叶间以歌唱的形式欢畅地和时令赛跑,不知道什么时候,我发现,丢失的那条狗似乎不那么重要了,我用心灵攫取了更加重要的景象。

阳光朗润起来，站在乡野小道上的我，因为走失了一条狗，却找回了太多美好的东西。

远方的梦与梦的远方

在我很小的时候,去故乡涡河的沙滩上去玩,在造船厂里遇见了木船、水泥船、铁船……船的两端都会高高翘起来,如同高高昂起的头颅。

我问造船厂的师傅,为什么要这样做?师傅是个上海老知青,用文绉绉的话对我说:"这就好比一个人有着高贵的梦想,在风浪打来的时候,只要我们头颅高高昂起来,似一面不倒的旗帜,我们就有了继续前行的力量。"

那么,怎样才能让一条船走得更远呢?

造船厂的师傅说:"让鸟高飞,就赋予它一双翅膀;让船行远,就给它装上一对船桨,或是把柴油机装在船舱。"

"船的终点在哪里,是码头吗?"我继续问。

"船没有终点,就好像梦没有最终的方向。造一条船出海,赶往海中央的小岛,小岛就是远方的梦;小岛终于到了,却发现小岛前方的日出很美丽,那里就是梦的远方。"造船厂的师傅说这些话的时候,像一位哲人,在涡河的金波映照下,在迎面吹来的微风里,这些话丝丝缕缕地进入了我的记忆深处。

后来,在我读到李白的诗句"两岸青山相对出,孤帆一片日边来"时,我竟然出奇地想象这是一艘追梦的孤帆。追逐梦想的人多半是孤独的,那些倒退而去的青山,恰恰印证了孤帆的跋涉,印证了青春的水花被我们漂亮地抛出好远。

梦想总是永不停歇,远方的梦如同两岸青山一排排向我们"驶来",只因我们胸中积蓄着强大的动力。

上高中时,政治老师告诉我们:"生命是一架天平,左盘里放着我们的梦想,那些实现梦想所需的条件,譬如信念、执着、毅力都像是一个个砝码,被放在右盘里。为了将梦想高高举起,请给我们的生命天平一个沉甸甸的砝码。"

此话说得多有道理呀!

我们总在向往远方的梦,却不知,真正到了梦的远方,才发现梦想之外还有新的梦想。

梦想即眼界。有句话说得好:"眼界高时无物碍,心源开处有波清。"梦想就是眼界所带给我们的视野和平台,让我们可以自由自在地乘物以游心。

俞敏洪说,人世间最美好的三件事:有人爱,有事做,有所期待。

这其中的"有所期待"就应该是有着伟大的梦想和抱负。

对着灵魂的殿堂许下梦想的诺言,这是对生命的庄严礼赞,是无与伦比的美好。然而,实现梦想的过程却是无比的艰辛,就好比朝圣的途中,我们需要循环往复地叩拜,行五体投地的大礼。

努力到了后半段,恰如到了黎明之前的黑暗,最难挨,也最接近朝霞的斑斓。

就好比一只钻进了瓶子的苍蝇,若是总想着往开阔处飞行,永远也无法飞出瓶子。有时候,往狭窄处飞去,冲过去,就是一片柳暗花明!

也宛如你正在走一段路,如果这段路让你走得很费力,那么恭喜你,多半情况下,你正在走的是上坡路。

每个积极向上的人都在做着的一件事是,让梦想突围,梦想突围以后,外围还有一层更为阔大的梦想等待着我们去"解围"。

人人都有走向远方的梦,却在不知不觉走向了梦的远方。

雨天最该去的地方

雨天最该去的地方。这或许是一个被很多人思忖、争论了多时的命题。

雨,可能是倾盆而降的暴雨,也可能是淅淅沥沥的小雨,你携伞而出,雨大时,撑一把伞快走,如赴一场约会。不是麻将馆,而是图书馆。

去图书馆,岂不也是一场约会。我一直相信,好的文字能通灵,它会约你,在书橱的某个角落,书页的每个句段之间等你,你去寻它,也是一场约会。

学编导那会儿,看了不少韩国电影,韩国电影似乎总多雨,雨天里的美好邂逅多半发生在图书馆,于是,男主角大方地把一把阔大的雨伞借给女主角,或是索性双手撑开自己的上衣,让女主角躲在下方，踩着雨地里的水花走过，引得屋檐下等雨的人一阵侧目。

对了，别忽略了，女主角怀里一定抱着一本书，哪怕是和这个故事无关紧要。

老实说，这个时代，雨天去图书馆的人不多了。雨天的清闲日益显现不出它的优势来。雨水冲洗了多日的喧嚣，天地之间，静谧一片，这时候，你若临窗，或是倚着图书馆的书架读一本书，风烟俱净。俗世默默地从你身边飘过，你仿佛被放入了空谷深潭里被文字一番淘洗。出浴后，雨收住，天光朗朗，空气新鲜，刚才入耳的文字一遍遍在心间反刍，多美的时光，日子就在这样的阅读里凝滞了一般。

雨天，在图书馆，不妨读一读明清小品，读一读魏晋时期文章的豪放不羁与诙谐荒诞，看一看笔力娟秀的碑帖，或是丰子恺清朗隽永的画卷。虽然不是在武侠小说里，没有江湖，我们也宛如在修炼，修炼心胸里无坚不摧的沉郁之气，修炼心怀里无边的浩瀚。

的确，不只是雨天，我们花在读书上的时间真的太少了。有人曾这般狂傲地讥讽我们："中国人均每天读书不足15分钟……典型的低智商社会。"我们是吗？你每天被阅读花去的时间是多少？我们不妨扪心自问，然后，用自己的实际行动狠狠给这丫几个嘴巴子。

很怀念上大学的那段时间，合肥似乎总是多雨，我则喜欢在雨天去图书馆，看几章文字，作一些笔录，遇见上好的段落，来不及写，还会用手机拍下来，然后回到学校的机房整理，三年下来，我已整理了厚厚的两本"观书精华录"。有人问我，大学时代，最有意义的事情是什么，我就会拿出两本书摘来给他看。如今一晃很多年，每每翻开那时候做过的书摘，仍能受益良多。

我所工作的小城没有像样的图书馆，可以毫不夸张地说，他们的藏书，除传记和志书，还没有我的多。所以，春天来的时候，我喜欢泡上一杯瓜片，在自己的书房里慢慢读一些册页，或许很慢，一上午只读两三页，却从先人、贤人、闲人的文字里品咂出无尽的意味来。

当今社会我们逐步加快了节奏，常常是一路小跑，鞋都跑掉了，有时候还跟不上趟。这时候，我总渴望窗外淫雨霏霏，就着那连绵的阴雨，我可以肆无忌惮地读下去，让心灵慢走下去，开辟另一片幽静的园林。

雨中读书，最能入定，最入心思。真的，不信你试试？

风里传来莲的消息

我坐在窗前,不知不觉就是一个下午。

曾经无数次,我都想给自己建一座这样的小木屋,在乡野之间。我在小屋里读书,煮一锅南瓜粥,听一盘年代久远的黑胶唱片,跳一个人的舞步,铺盖一张缠枝莲的被单,累了倦了,走出门去,大片的瓜果梨桃。

对了,还一定要有一片莲池。白天或夜晚,荷在莲叶间依依可见,风起,送来清爽的香气,其实,那香气或许根本闻不到,但我能真切地感受到。

七月的乡间,到处一片繁茂,万千逼人的绿仿佛要撑破你的眼球,那些穿过万亩田畴的风,它们最懂莲的心事。

父亲是个莲痴。从我记事到成家前的20多个年月里,我们搬家13次，每次只要有一个50平方米开外的院子，父亲都要在院子里挖一个近20平方米的水池，种上莲。待到夏天，父亲在莲池前看他的《医古文》。秋天来的时候，他会亲自下池，挖出来一截甘甜的雪花藕，洗净、削皮即食。父亲说，对于满池的莲花来说，即便随着秋深已然枯败，若是我们在隔屋煮藕，会加重莲的伤心，这个季节已经对它们够薄情的了！

少年时的年画里，常常能看见莲的影子，多被留着茶壶盖发型的孩子举着，如一顶碧绿的小伞，孩子的身下，骑着一尾金红的鲤鱼。少年时分，我们不懂国画，不懂油画，也不知道印象派，甚至不知道齐白石，但是，我们最爱看这样的年画，只因其间有着一顶蓊郁的莲叶。

莲静，且净。所以，有莲的地方，多于禅相关联。我曾多次在齐豫的佛歌里找到莲的影子：一念心清净，莲花处处开，一花一净土，一土一如来……齐豫的嗓音安谧得像清晨的莲池，每一个开口音仿佛都能找到一朵盛开的莲，在她的嗓音里，"口吐莲花"这个词真是发挥到了绝妙处。

明朝的时候，一个名叫陈于朝的人家道中落，穷困潦倒。一日，一位道人赠他一枚莲子，并告诉他"食此，得宁馨儿当如此莲"。陈于朝吃下那颗莲子不久，果真生了一个儿子，取名"莲子"。莲子幼年即喜欢绘画，成年后，不堪忍受兄弟争夺家资，毅然出走，中年的"莲子"成了一名著名的画师。明末，清兵入关，清兵以刀相逼，要他为其画一幅画，他不肯，后在云门寺削发为僧。晚年的"莲子"自号"老莲"。是呀，他就是一代书画家、诗人陈洪绶。

我看过不少陈洪绶的画作,用笔极其老辣,其意淡远。抛开他的名号,陈洪绶一生岂不恰如一朵莲,我读过他的一首诗作,名曰《湖上》,也正如他的画——

厌听楼船杂管弦,耳根清净小西天。

朝朝暮暮闲亭子,满耳松风满耳泉。

厌弃了楼台水榭,黯淡了歌舞升平,毅然甩袖隐去,坐拥一方山水,门前有泉,屋后有松,风吹来,满耳都是松声泉响,何惧没有莲?自己不就是一朵淡然的莲花吗,在悠远的风里,意蕴幽幽地开着……

白云故道少年梦

最近一段日子,亳州的天特别蓝,蓝得像多年前凝固的光阴。

那时候,我们在乡下老家的大树下消暑度夏,树下搁着一张网床,网床头上放着一把蒲扇,脚边是一个大大的罐子,罐子里装着母亲煮的竹叶茶,我们一帮小玩伴儿,喝着竹叶茶,躺在床上,透过树影,举头望云,天似海洋,云似浮冰。这样想着,我们心里也是凉爽的。

有时候,我们还会爬到高高的楝树上,打一些青青的楝枣儿,与小伙伴玩几盘六步棋。这种棋很考验人的智商,这也是男孩子们有别于女孩的绝佳游戏,更是夏日里绝佳的益智项目。动辄就是一身汗,六步棋可以让人这般守静,即便如此,下棋的孩子额头上也很快溢满了汗珠。

那些日子，除却望天和下棋。我们最常干的一件事就是盯着村口的长长的路发呆。像是等待着有一辆车、一个人经过，给我们带来什么新奇的事物，或者只是打个招呼也好。是的，旧时的乡村少年，如我，真是太寂寞了，寂寞的人常常爱做梦，在故乡的网床上，天蓝到了幽深，村口的路如伸展的手臂，把我们送到思绪的远方。

有人说，人生当中最奢侈的光阴在童年。

我觉得，最奢侈的是，在乡下度过的童年。

在夏夜，院子里，晚饭毕，父亲常常喜欢和我聊天，聊农具、物候、庄稼，还有他年轻时候的一些坚守和抉择。父亲总是在自己的经验里为我点亮一盏盏灯，也总是在一次次失去和错过里为我吹响号角。父亲常常盯着星空感慨："孩子，家里的情况你知道，你爹没本事，你要在有限的条件里创造无限的可能，不要让故乡的沟坎束缚了你。从这片村子向外延伸的，总有路，你只管向前走……"

每当听到父亲说这些话的时候，我总感觉心里是洞明的，像是挂起了十几个大红的灯笼。

父亲常常挂在嘴边的一句话是："在这片天地之中，可以发生一切我们想不到的事情，这其中包括所有的不好与好，不幸与幸运。"

我后来想想，父亲说的就是童年时期我常常关注的两件事物：白云和故道。

我喜欢在一片云里捡拾心事，也拾起梦想。

我也喜欢在一条乡间小路里憧憬未来，也期待奇迹。

在梦里，常常有着一个相似的主题：我梦见自己踩在村口的小路上，够着了天空里最好看的云。我笑得很开心，醒的时候，手里抓着的是母亲为我做的棉被……

村庄把月亮举过头顶

村庄把月亮举过头顶,月光如泉一样倾泻下来。树梢、瓦屋、篱笆院、菜园子里都披上一层金辉。温厚的月光,也落在榆树上的鸟巢里。刚刚孵化的雀儿,嘴角鹅黄,小黑豆一样的瞳孔里,把月亮分作两盏,时不时还扑腾几下翅膀。一泓泓月光就这样被它们顽皮地打破。

这样的月光,总让我想起安格尔的《泉》。造物主就是那个举着瓶子的女人,月光撒金,金汇成泉流,在村子的上方,均匀地撒在每一户人家的屋顶上。

这一切,猫头鹰看得最清楚。猫头鹰的眼睛发出幽蓝的光,它们是村庄的守护者,在夜里,它们是村庄里的王。夜晚的村庄就是它的疆土,监督着这个世界发生的一切,田鼠的一丁点儿响动都被它犀利的双眼看穿。

月光在村子上方散步的时候,促织在杂草深处唱歌,蝼蛄也从土里爬出来,露了一下头,复又钻进土里。这些草丛里的小精灵,最喜欢在月光下嬉戏,也喜欢在月光下做一些精致的小动作。白天,村庄是农人的版图,夜晚,村庄是虫子们的乐土。这些虫子们,是夜里叫卖的诗人,用悦耳的叫声散发自己的思想传单,也通过窃窃私语,拉动着它们的夜间唱游。

铅灰色的屋檐,在月光的照耀下,出现明晃晃的一片,这些白日里粗糙的瓦楞,此刻也变得有了光辉。瓦屋是乡村沉默的思想者,尤其是在夜里,门窗都关上,它们是在想事情。夜太静了,若不是一条晚归的家犬,拱开了篱笆院的柴门,没有人能打扰得了这些瓦屋。

树影黑魆魆的,有些森然,它们总是这样矜持,哪怕是在月光下也绷着脸,多亏了一阵风,让它们变得婆娑起来。树下,摇落了一地碎钻,左一点右一点,随着月影,逐渐斑驳,倏忽,又明朗起来,像极了孩童的性格,让人捉摸不定。

一条溪水,是村庄的丝巾。清澈幽静,环绕在村子的外围,哗哗地奏着孤寂的歌谣,千百年来都是如此。它们目睹过这个村子里静悄悄的爱情——有人在月光下牵手,有人在溪畔别离,到异乡去闯荡,村口牛老二家的姑娘哭红了眼睛,泪珠还在嘴角,在月光下一闪一闪的,那是抽搐的不舍。

夜间的乡村升起了一阵雾岚,这些雾岚只有在夜里才能看得到,它们是落在村庄四周的银河,好似月亮的使者,来村庄里搜罗农人的心愿。谁家希望收成大好，谁家希望骡马强壮，谁家希望娶一个漂亮的儿媳妇，谁家希望娃娃上学有出息，都会被这些雾岚带走，送往月宫里，条分缕析，月亮会把它们一一兑现。

是的，月光有灵。千百年中，村庄把它举在头顶朝拜，它无功不受禄，夜幕降临时，总赋予村庄一种神奇的力量。要不，南瓜怎么总喜欢在夜里开花？爬山虎怎么总喜欢在夜里爬墙？瓜果梨桃总喜欢在夜里长大？就连躺在床上的孩子，也在不知不觉中短了裤子，小了鞋子，长了个子。

诗中说，夜静春山空。夜里，村子也空，多亏了月光给它加满，整个村庄也有了灵气，才不虚浮。夜主阴，月上柳梢头，月光恰恰就诞生在阴性的光景里，而它却怀着雄性的心事，如种子一样，播撒在村庄四周的田畈里，也栽种在每一个失眠者的信念里，日有所思，夜有所梦，想做梦却睡不着，月光就是最好的催眠曲，在月光里想着自己要做的事情，甜蜜地睡去，用不着非要到白天，夜里，梦的脚掌已开始痒动了。

我一直觉得自己很幸运，有过在乡村生活的经历。我知道，有月光的晚上，农家人是用不着点灯的，在土灶前做着饭，拉着家常，孩子们还没回来，不知道在哪一片柴垛边捉迷藏，下厨的妇女们煮好了粥，用劈柴火在锅底慢慢地煨着。等候孩子回家的工夫，老人们兀自坐着抽上一根水烟袋，锅里，稀饭扑腾着，满屋子都是香味。月光下的炊烟直上云霄，也会给孩子们发出归家的信号，且散去，吃饭喽，填饱了肚子，明天再与你疯玩。

饭毕，月光大好，自然更不用点灯了。牲口们早已在棚子里津津有味地嚼着草料,"嘎吱嘎吱",一墙之隔的屋子里(有时候连墙也不隔),藤床上孩子的鼾声,溪水的叮咚声,露珠砸在地上的声音,野虫的叫声……声响与声响融合在一起,这是村庄的脉搏。整个村子里的人都跟着这样的脉搏,合辙押韵。这样的月色下,俗世也变得不俗起来,甚至还越发温馨了。月光银亮银亮,村庄黝黑黝黑,夜如墨,任由月光挥毫。

如今,我已经在城市居住多年,闲下来的时候,还是喜欢陪父母到村庄里住一住,每一次都要住上个两三天,只为看月光把村庄的心事点燃。

村庄把月亮举过头顶,有时候,举起的是"一把镰刀",深夜收割农人的一茬茬梦想;有时候举起的是一只玉盘,村庄里少年的心事都是绝佳的菜肴。

十几岁以前,我一直都住在皖北一座名叫"胡马"的村子里,曾经无数个夜晚,我在月光下心急火燎地烹煮着自己的心事。后来,村庄再也盛不下我,确切说,我是被自己的心事给驱赶出来的,像一只已长大的牛犊。

无数个夜里,我都是在月光下听着打更人的梆子睡着的。那些浑浊的更声,零散地响着,叭——叭——叭——飘荡在村庄上头。夜更深了,打完了这一通梆子,打更人也要睡了,他们把村子交给月光看守。

低头久立向清溪

云朵抱着雨水一路小跑，到了村子的上方，不再矜持，落下来，在七月的早间，一通倾泻之后，村庄四周的溪水明澈亮丽。

我在溪水岸边俯下身来，雨后的溪水里多了一份丰腴，还有些许泥沙慢慢地向下落，有一种尘埃落定的萧然。有鱼开始在水里活跃，畅快地吞土地里冲下来的虫子、种子、草叶，雨为溪水添油加醋，鱼在这样的溪水里，犹如一锅视觉的汤，煮沸了多少人的乡愁。

一湾溪水，是值得人低头久立的。雨后的村庄，处处焕发着新意，土壤里，拱出来的全是清新的气息，在这样的村庄里行走，头脑水晶一样清明。侧畔有溪水流过，这样安谧的村庄和溪水，必然是有禅意的。

蜻蜓立在溪水上方的草秆上,翅膀上仍有水珠,振翅抖落在溪水里,水一圈圈地漾开,犹如蜉蝣经过。我真替这些小东西惋惜,蜉蝣的生命不过24小时,或许连绵的一场雨,就耗尽了它的整个生命,何谈滑水而过,一展自己的潇洒?

手里捻动一根草秆,在湿润的土地上写下旧日的画图,都是小时候学来的,很丑很粗糙的一群小动物,至今难忘。画完了,用脚涂抹干净,甩手把草秆扔进水里,水驮着草秆游走了,大地上,一片安宁。

夜晚有蛙声此起彼伏,这是村庄最动听的歌声。稍稍再热一些,还有蝉鸣。在溪水上方的树上,站得高,声音里也多了几许贵族气息,蝉鸣与蛙声,似是一场辩论。一个说另一个太过低沉,一个批评另一个不接地气。

天空明亮如练,雨后的夜空真清澈,银河是最上层的村溪,与我所在的村子遥相呼应,天地之间,在书写着首尾呼应的好文章。

收拾一身湿润回家。待明日,该有村里的野孩子,穿着裤头,光着上身,来村溪里扎猛子了。

风把院子装满

一阵风,把院子装得满满当当。

多年前,在一个有风的早晨,父亲扛着锄头从田畈回来,推开院门,我们还在熟睡。听到门响,我们也懒得睁开眼睛了,不知道多少次,风把院门吹得啪啪作响,我们无数次地抬起头望望院子,没有谁家的猪跑进来,院子里的小菜园安好,我们又倒头睡下,鼾声和风声交织在一起,异常温馨。

直至现在,我脑海里还能想起这样的场景:风把厨房上的炊烟吹得四散,饭一会儿就做好了,刚出锅的发面馒头还带着甜香。长期干农活的母亲,手劲儿很大,做出的馒头也特别劲道,融进了母亲的味道。青椒炖鸡蛋,也是母亲的拿手好菜,我们一家人各自盛了一碗,上面盖上馒头,坐在院子里,就开始吃了。

那些日子，空气真清爽，阳光也清澈得可以，我们一口辣椒一口馒头，额头上渗出豆大的汗珠，越吃越香，越吃越想吃。汗珠掉在地上，摔成了几瓣儿，父亲说，出汗是好事，能排毒，出汗不用怕，院子里有风，风过脸颊很凉爽。

风的肚量真的很大，它把院子装满的同时，还不介意院子里摆放一些农具、磨盘，它不会与院子里的一畦蔬菜争风吃醋，也不会与牛棚边的草料吹鼻子瞪眼。风吹过院子，木门最懂它，啪啪作响是点头附和。蔬菜最知心，频频点头是在赞同。它们相安无事，彼此成全。

有个词，叫"风和日丽"，这应该是用来形容农家院落的。风和煦得如同一把梳子，梳理着院落里的一切。丽日当空，晾晒着农人的家当，刚收获的粮食，刚孵化的鸡仔，还有褴褛中的孩子……

风真是个好东西，它从瓦片上飞过，带去尘埃；它从高树上飞过，给树吹了个可爱的发型；它从院子里的沙土地上吹过，扫去了落叶，省了笤帚的功课。

一场风，还把农人的心事吹得杳无影踪。

收成好了，在风里开怀大笑，这样的笑声可以感染村庄里的每一寸土地；收成欠佳，在风里叹个气，风会把慨叹打成一个漂亮的结，用来拴住在风里留存的快乐。

20世纪80年代，我还在读小学，当齐秦把《往事都随风》唱满神州大地的时候，我正坐在院子里，膝头放着一台半导体收音机，这样的歌声，和着风吹进我的耳孔，也吹进我的心里，葱绿了我的心灵。

　　风把院子装满,那是风吹累了,农舍小院是它最好的歇脚处。

故乡是一只容器

故乡是一只容器,里面装满了童年的梦呓。

那些故乡的田埂上,晒着太阳做过的梦。那些在墙根上玩"过家家"的时光。那些跟小伙伴夸下的海口。——都散落在故乡里,随风消逝在某一片土壤里,等待我们一一去捡拾。

故乡是一只容器,里面装满了夏夜的虫鸣。

那些蛐蛐儿,那些高枝上的鸣蝉,那些沟溪里的青蛙,那些暖暖远人村的犬吠,交织在一起,绸缎一样裹在村庄里。淳朴中带着温存和华丽。直至多年以后,静下来还能听到它在耳边鼓噪。

故乡是一只容器,里面装满了草药味儿。

芍药的清香,桔梗的微苦香,荆芥的凉香,孜然的馥郁,流窜在故乡的大地上,像一群顽皮的精灵,在季节的原野上集结游行。

故乡是一只容器，里面装满了乡愁。

少年时的远游，中年时的打拼，老年时的迁徙。异国他乡每每回望和回忆，脑海里装满的全是故乡的人和事。念的全是故乡的情谊。

故乡的梦呓那么多，有没有一种梦呓会记得当年我的天真？

故乡的虫鸣那么响，有没有一种虫鸣可以振聩我们麻木的精神？

故乡的草药那么灵，有没有一种草药可以抑制我思乡的情绪？

故乡的乡愁那么浓，有没有一种乡愁可以船一样地把我送回到旧日时光？

故乡的大地上，心如口袋，装载的是岁月的食粮。我们无论走到哪里，都要靠这些余粮来给养心灵。

故乡的大地上，心如漏洞，漏下来的是动荡和变迁，漏不下的是我们不老的容颜。

怀揣故乡的我们，永远年轻着。

黄昏在陈治沟畔

傍晚五六点钟左右,我来到陈治沟之畔,草色转黄,促织喑哑,蚂蚱在草尖上有一搭没一搭地蹦跶,一轮落日躺在陈治沟的水面上,恹恹欲睡;琥珀色的天幕是她困倦的脸庞。

流水缓缓流过已然破败的水泥桥,显得越发静寂。这个季节,连流水也收敛了自己的嗓音,不那么嚣张了。桥体上,水泥剥落,钢筋毕现,因少有人来,桥上生着绿苔。在潮湿的陈治沟之畔,即将退隐的落日给绿苔营造着越来越少的温暖。兴许再过几日,绿苔就要转黄,再由黄转白,最后被衰草和落叶覆盖,只待来年一展新容,以另外一番模样莅临了。

我踏着落叶慢慢靠近陈治沟,水清得可以看到底层的泥沙,我低头去望那里的水流,这样清幽的水域,仿佛要把我的肉体和灵魂都收在她的明眸里。

蜉蝣早已没有了踪影,季节连短暂的韶光也不向它们供应了,远远望去,陵西湖心的亭台消瘦地立在水心,像一个望穿秋水的母亲,等着她的儿女回来。

时间却再也回不来了,刚才的落日还在树梢,还在陈治沟的水波里,此刻,已经彻底地沉下去,消融在陈治沟的水流里。

天空出现一把镰刀,或者说那是一只笑弯了的眼睛,在目睹着陈治沟周边发生的一切,也目睹着我这个过客。我慢慢地向陈治沟外走,月光把朦胧的影子甩在身后,仿佛是陈治沟挽留的话语。

借一片青花躲流年

瓷,多像一个优雅端庄的女子的名字。

瓷片,又多像是与亲人失散的姑娘,在烟尘和风雨里,等着它的母体。悠悠往事,匆匆时光,一抔又一抔土淹没了瓷片,它被深埋在大地的土层里。不知道猴年马月,一台挖掘机用大手把瓷片挖出来,瓷片鲜丽如初,青花依然是当年的青花,只不过断痕处有着微不足道的斑驳。

——这些年,瓷的心里一直装着尘封的往事。

瓷,是多么顽固的东西。历经千百年,它容颜不改,只因怀揣着当年窑火一样的热情,无论走到哪里,身在何处,总是不忘初心。

瓷,是多么忠贞不渝的女子。它总让人想起孟姜女,想起杜十娘，想起崔莺莺，想起祝英台，这一生，只为你而生，君若别我，我复归去，永世不再更改自己的信条。

一片瓷，就是一段佳话。谁曾想起一只青花瓷瓶里藏着怎样的往事，有多少纤纤素手抚摸过它，保护过它；有多少似水的眼波注目过它，贪恋过它；有多少木箱和舟楫驮载过它，搬运过它；有多少位主人收藏过它，展览过它。

世间有太多的人，总像那土，风一吹，散了；雨一打，垮了；虫一咬，碎了。唯有瓷，风吹雨打依然俏丽，水淹日晒不动声色。

世人常说："宁为玉碎，不为瓦全"。其实，瓷亦是如此。一失手，覆水难收，一错过，再难追回。世间的好多机遇也像这瓷，是一次性的，容不得我们浪费，由不得我们反悔，永远不可重来。

我曾在故乡的老屋下找到一片瓷。风吹雨打，泥做的老屋已然倾颓，那片瓷就躲在墙根处，被镐头挖了出来。一片青花，上面被钻了个小孔，那是当年祖父给祖母的生日礼物。祖父是个浪漫的人，如今，两位老人都已作古，穿孔而过的小绳子已经脱落，瓷还是当年的样子，驻守着祖父母当年的浪漫，此生不渝。

我还曾在天津看过一处景点，整座房子全部是由名贵的碎瓷片做成，远望，釉彩明亮，近观，风物流转。一片瓷，记录一段过往；一段瓷，印证一种繁盛；一角瓷，记载一场年华。这是一阕破碎的辞章，一场破碎的美好。有能工巧匠把剩余的瓷片收集起来，雕刻研磨成戒指、耳环、书签等工艺品和首饰，尽管样貌不全，却有着一种近乎维纳斯的美好，给人留下无限的遐想。

这样的瓷片里饱含着多少前世今生？这样的瓷片里浓缩着多少缠绵往事？这样的瓷片里潜伏着多少动人的秘密？一切的一切，只有瓷自己知道。瓷最善于守口如瓶，粉身碎骨浑不怕，留的是一份清气和境界。

我见过一枚瓷片，上面的彩釉是一朵红莲，如火一样妖娆盛开着，收藏它的人说，它的年龄已经在七百年以上。红莲如火，躲着多少人曾经的流年呀！

看 湖

若要找一处幽僻处"看护"一下自己的心灵,就要去"看湖"。

——这不是绕口令,人有时候真需要与一片水单独处处,不要求非要像《少年派的奇幻漂流》那样,在大海上漫无边际地漂流,那样的大水令人绝望,小水即可,在内陆,小水就是湖。

湖是喝醉了的一片云,从天上摔下来,就化作了数顷澄碧。湖水尽管是"摔下来"的,但它的眼睛里还装着天空的澄澈与蔚蓝。不信,你可以低头看一下湖水,满满的,倒映的都是天空的样子。

我小时候住过的乡村,湖是稀缺品,走出近半个小时,才能遇见一个,被四周的田畈包围。青青的麦苗,笔挺的苞米秆,饱满的黄豆，带着青草味的药材，在四季把湖围起来。

生长在有湖的乡村，少年是幸运的。如我一样的乡间少年总盼着夏天到来。夏天一到，我们就可以飞奔到湖边扎猛子嬉戏了，当然了，大人们是不允许的，唯恐我们溺水。好在村旁的湖是善良的，青碧的湖水，是它明澈的眼波。我们总在她的眼里游泳，在她的怀里嬉戏。有时候，我们还会从瓜田里摘下一只西瓜，烈日下的西瓜热腾腾的，放在肚皮上，都有些烫，我们把它扔进湖水里，一通狗刨和仰泳之后，西瓜变得凉爽可人，用拳头砸开，龇牙咧嘴的瓜瓤仿佛有一层冰霜在，很是爽口。

在有湖的乡村耕作，农人也是幸福的。喷药、灌溉、育苗，全离不开湖，就连锄禾锄得满头大汗，拔草晒得背如驮火，也不碍事，挽起袖管，到湖边洗一把脸，涮一涮脚，或者索性像孩子一样，宽衣解带，一个猛子扎进湖中，有着说不出的畅快，满身的疲惫也被温情的湖水稀释了。在一个湖面前，再大的人，又何尝不是个孩子呢？

"接天莲叶无穷碧"，莲藕托举出粉红色的心事。我们可以从一面湖里摘一片莲叶躲避太阳的炙烤，回到家里，还可以用莲叶做炒饭，莲枯的时候，从湖心挖出雪花藕来，甜脆爽口。即便是不种莲藕，野生的菱角也很不错，若是湖水嫌弃少年顽皮，搅乱了她的心事，那么，草鱼总该要生，总之，湖从不亏待所有在湖边长大的人，这一切都是湖的馈赠。

芦苇，乡村的睫毛，也是湖边的哨兵。正午的时候，孩子们早已经回家，有芦苇站在水边帮嬉游的野鸭站岗放哨。我不知道，没有人光顾的时候，湖是否会和岸边的芦苇对话，我只能感觉到，从旷野里吹向村庄的风声里还有一株芦苇的半句私语，或是午间的半句梦呓。

一位少年，年轻时在湖的臂弯里长大，疯过，玩过，懵懂过，也做过梦，终究有一天，他要离开湖，就像是雏鸟离开巢穴。对于这样的离别，湖不会伤心。她知道，终究有一天，少年还要回来，衣锦还乡时，会到湖边喊上几嗓子，以释放胸怀；满身伤痕地回来，也会到湖边，哭上一通之后，幽静的湖水又给了他再出发的勇气。

多年前，一位青年在康克德附近的瓦尔登湖畔建造了一座木屋，就此住了下来，过着素淡的生活，青灯黄卷，信步慢览。他见证了瓦尔登湖上四季的变换，水鸟的生活与生产，草色的变青变黄，飞虫的鸣唱静默……他把自己隐居的三年写成了一本书，名字就叫《瓦尔登湖》，没错，他就是梭罗。

并不是谁都可以像梭罗一样悠闲，并不是所有的人都有大把的光阴可以投掷给一池湖水。更多的时候，对于一个湖，我们只是一位匆匆过客。带来满腹心事，带走满腔苍翠的希望，一切的一切，湖都会守口如瓶。她只是静默着，像一位善于倾听的母亲，一年四季，始终如一。

是的，四季轮换了光景，湖也有不同的主题呈现在你眼前。

春天去看湖，看春水微澜，草色青青；夏天去看湖，看水草招摇，鱼翔浅底；秋天去看湖，看天空高远，鸟雀翔集；冬天去看湖，看冰雪聪慧，圣洁肃穆。

也许，没事的时候，人人都需要和一池湖水单独处处，不需要垂钓，甚至不需要欣赏，兀自坐在岸边即可。让湖水里刮过来的清风理清你的思绪，让湖水深处的远天带给你幽深的思索，让一尾鱼自由自在地松绑你的内心，让湖岸的百草丰盈你的视野。不可否认，世界不是完美的，往往给我们呈现一片干涸，好在有湖，浮躁焦灼的时候，可以供我们养护一下自己的内心。

沙土地

蜿蜒的淮河支流有一条名叫"涡"的河,我诞生在涡河流域的一个小村庄里。自打我记事起,就有人不断地在我耳边有意无意念叨着:这片土地,沙得很。

怎样沙?沙得程度如何?

举个例子,夏天给土地灌了个水饱,水被土噙住,似小姑娘泪眼直转,就没有掉下来。赤脚踩上去,脚下的水被赶走,一抬脚,清晰的脚印里,立马涌满一个明晃晃的镜子。

有人说,这样的土地最适宜种各种农作物,禾黍自不必说,特别是红薯、土豆之类,在这样的沙土里特别能撑开腰身,肆意生长,且果实的表面光滑饱满,有一种砂石打磨过的光泽。

在这片土地上生活的人当然也自有个性了。无论做起什么事情来，沙就是沙，水就是水，从不拖泥带水，也不云里雾里，清爽得很。不像有些人，与他一交往，扑面泼过来一盆浆糊，一句话说给你，你揣摩半个月也不知道个中玄机。

在故乡，形容一个人说话好听，喜欢用这样一个词，瞧那谁谁谁，说话"沙楞楞"的。这其中，不光指他声音饱满，口腔共鸣音好，还用来形容他说话斩钉截铁，说一不二，像是皖北大平原上刮起来的一阵风。

看过一个女诗人的择偶宣言，上来第一条就是：要找平原上的汉子。原因有二，一是胸怀宽广，有安全感，肚大能容；二是这样的男子豪爽果敢，且能担当，一如他们脚下的土地。虽说是择偶观，也能从一个侧面折射出一个区域人的性格。

父母遗传了人以基因，土地赋予了人以秉性，而土地又养育了人的祖祖辈辈，真正的基因都埋在土地里。人，这一辈子都在和土地纠缠，浓得化不开，似沙土里长出来的高粱酿的酒。

人，作为沙土地上孔武有力的耕种者。每天用铁锹、犁铧、镢头、锄头对付着沙土地，或是挖一个坑，撒下几粒种子，那感觉像是在喂一个嗷嗷待哺的孩子；或是用犁铧翻开土地的心事，再用耙把这些心事抚平，这又像是一个个心理咨询师；或是在沙土地上栽种桑树、楝树、槐树，给沙土地重新定义一种高度。

人，也在沙土地上行走，用赤裸的脚板亲吻每一寸土壤，也被沙土地上生长的蒺藜扎得龇牙咧嘴，停下来，拔掉，还是要再赶路。沙土地上，生机旺盛，一个不小心，你就落伍了。在种庄稼上，在发家致富上，在每一寸土地里刨金。

还有那些在沙土地上生长的鸭群，是沙土地的医生。它们喜欢吃沙土地里的虫子，也吃一些草籽，化作硕大的鸭蛋，在窝里，也在农田瓦舍下，总能带给农家少年一些惊喜。看过一个养殖场的广告，沙土地里养起来的鸭子，蛋黄沙得很！这样的广告真接地气，比广播电视里那些直白的说教广告要好得多，更能勾起人的购买欲。

春天是沙土里爆发出勃勃生机的季节，沙土地上的植物井喷式地向上生长，整个涡河流域呈现出一种昂扬的姿态，人在这时候最亲近土地；夏天是沙土地精力最旺盛的时节，人闲下来，把舞台交给沙土地来表演，这时候人是看客，但每一寸沙土地上刮来的风，落下的雨，都牵动着人的神经；秋天是沙土地分娩的日子，人的心在这时候多半放下了，舒坦了，成竹在胸了，坐等玉米棒子、大豆颗粒归仓；冬天，人与土地一起休养生息，坐看沙土地上流年静静，这时候，喜欢给自己捣鼓一些事出来，唱一唱花鼓灯，听一听地方戏，踩一踩高跷，这些都是沙土地上长出来的有声植物。

我向来讨厌有人这样形容另外一个人：他"土得掉渣"！土，有什么不好？离开土地，一个人能折腾多久？土＝一＋十。这个词，从字的架构上，可以看作是地平线上立起的一个十字架。是凝聚着浓重的虔诚在里面的。相反，"洋"这个词还真不是什么特别褒义的词，常常让人想起漂泊，给人一种极端的不安定感。

生于斯长于斯的人们，格外懂得与沙土地亲近，先是呱呱坠地,后来土里摸爬,再后来在沙土地上有所建树,最后,以死亡的方式皈依到沙土地的怀抱,何其亲昵?

我在写下这段文字的时候,在故乡沙土地的一个村庄里,炊烟袅袅,空旷的原野上飘过一阵渺远的拉魂腔……

唢呐班子

小叔经营着一个走村串户的唢呐班子。谁家有了红白喜事，都会找小叔，然后，小叔召集一帮吹鼓手，帮喜事活跃氛围，帮丧事打扫心情。唢呐班子，应该算是乡村最高级的演出了。通常唢呐班子一进村子，立马围拢了黑压压的人群，老的，少的，男的，女的，把目光都投注到那些乐器上，一动不动。

在故乡皖北，唢呐班子里的人被称之为"吹响的"，也有"吹响器的"一说。这些称呼很直白，很淳朴，像极了故乡土生土长的人和事。

小叔年轻的时候眼睛不好，据说是小时候玩沙子的时候，把沙子揉进了眼睛里，导致后来的近视眼。这里面，到底有没有科学道理，我不得而知，只知道小叔在十七八岁的时候，祖父将一个名叫安琪的盲人请到家里,他肩上背着一个长长的袋子,坐定之后,打开袋子,从里面掏出来一把二胡,我们这里的人把二胡称之为"弦子",一曲《赛马》一拉,院子里立马就活跃了,一曲奏毕,再来一首《二泉映月》,就连牛圈里的牲口也瞪圆了眼睛,安安静静地听。

小叔就跟着安琪学习拉二胡。印象中,那是一个初夏,小叔住在院子角落里的一间偏房里。从那个夏天开始,偏房里的门就没有再见它开过多少次,只有二胡的声音飘满了整个院子。

安琪在我们家住了整整一年,一年后,小叔就跟着附近一个唢呐班子走穴去了。零零星星地有消息传到我耳朵里,说,小叔的二胡拉得不错。再后来,小叔还学会了吹笙,笙这种乐曲好似一把蜀黍秸捆绑在一起,下面安上一个底座,所以,在皖北地区,又把笙称之为"黍秸团"。

一个唢呐班子,唢呐是主角,不管是二胡,还是笙、鼓等,都是配角。如今,小叔已经干了20多年的配角,还在继续做。

在农村,人们对唢呐班子是有偏见的。吃饭的时候,不准许他们吃头一茬,甚至,凡是参加过唢呐班子的人,百年之后也是不准入祖坟地的。这些偏见是要命的,所以,在我的印象里,小叔一直是内敛的,不爱说话,没事的时候喜欢抽烟,一根接着一根。吹笙的人,嗓子一般都不好,再加上抽烟,小叔的身体一直不好。

父亲弟兄四人,小叔是身体最差的一个,眼睛又不好。所以,年届四旬的时候,就成了一个病秧子。也许正因为小叔这种性格，甚至是沾了病痛的光，他拉的二胡是凄婉的，能够听出许多故事在里面。

我喜欢听小叔拉二胡，那时候我还不到10岁。小叔拉二胡的时候，眼睛特别有神，饱含深情，一根马尾，在两根弦之间来回摩擦，或疾或徐。二胡的底部是一个用蟒皮做成的声筒，马尾就架在声筒上面，中间还滴上几滴黄香，马尾上下跳动，琴声一会儿激越，一会儿悠扬，听得人特别入神。黄香在马尾的摩擦下，粉尘四溅。这样的粉尘里，有着一种独特的香味。

小叔的唢呐班子几乎走遍了附近所有的乡镇，我曾多次无意间邂逅小叔，并没有上前去打招呼，兀自在台下的人群里听。二胡的声音里，裹挟着黄香的香味，许多童年的光景纷至沓来。

这些年，随着人们认识的不断提高，对唢呐班子的偏见也逐渐减弱，但还是多少存在那么一点，大都体现在老年人的眼光里。小叔走穴的20多年，我无法想象他遭遇了多少冷眼，但从他淡定的眼神里，他的内心一定是冷艳的。一如多年前他拉的那首《二泉映月》。

潭水一样的乡村

我一直怀疑造物主赋予了乡村一只筛子,滤去了所有的浮华和噪声,只筛下来一丛丛安谧的流年,还有那陈年的往事。

时光是一只刨子,在乡村的光阴里,刨去了粗糙的死皮,只留下一根馨香的木头在。

几处古屋,两点早鸦,一声鸣叫,箭矢一般刺破天宇,这是乡村的一个片段,像极了《芥子园画谱》里的寥寥几笔,古朴简明,也像极了一位饱经风霜的老人,明眸里藏着几分清明。

我无数次在故乡的乡村驻足,在野草丛生里,那些紫苏、鸭跖草、荆芥、黄蒿像是一群没人管的孩子,肆意疯长。老墙头上的青苔绿意盈盈,有猫在屋宇的残垣里出没,兴许还能遇见黑嘴巴的黄鼠狼,把鸡仔撵得咯咯叫。

有树，给阳光塑造一片斑驳的光影，好似黑白照片里的记忆：大树下，藤椅上，祖父在给我讲故事，传奇故事里的英雄铁马冰河，叱咤风云。每一个乡间少年都有一个英雄梦，我们最早的崇拜对象多数是在长者的故事里，或是走村串户的大鼓书里。

若是盛夏，蝉声阵阵，蛙鸣点点，散落在乡村的深处，荷塘深处，红莲似一簇簇火苗，也恰似那采莲女的心事，在清爽的风里悄悄绽放。"蝉噪林逾静"，村子也静，静到人散去，只剩下树下的绿草。

最幽静的乡村里是住着神的。所以，一位智者说：幽谧处皆有神灵在。

是的，汽笛声太吵，马达声太轰隆，高音喇叭太刺耳，即便我们要羽化成仙，也渴望踩着一声羊咩，两声牛哞，三两声鸡仔嘤嘤，修行于乡村，安享着如诗的流年。

修心如土，怀揣着潭水一样幽谧的乡村，也在潭水的倒映里，照见自己的心灵光景。

一条船睡了一条河

雨水丰沛的涡河里,常有闲着的渔舟。

舟是沉睡的鱼,鱼是睡醒了的舟。

那些睡在涡河上的舟,以及睡在舟上的人,在懒洋洋的阳光下,听着水声,赤着脚,用一片树叶遮在眼睛上,慢悠悠地睡去。涡河的柔波轻轻摇动年轮斑驳的小舟,似一个摇篮。

难怪我们习惯把一条河流称之为母亲河——在这条河上小憩的渔人最有发言权。

早年的那些鸬鹚哪里去了?渔猎时代退守了,还是渔网先进了,或是水里的鱼有了警觉?鸬鹚,这种最效忠人类的朋友,在历史的水流里慢慢谢幕。恐怕日后再见它,只能在教科书里,或是国画家的水墨里。是呀,什么鸟能有一只鸬鹚适合用毛笔来画呢?

两岸，杨柳依依，荫蔽不了河心的水波，就像丰沛的涡水荫蔽不了全部的鱼群，这又有什么关系呢？放一只舟下水，坐在水上划桨，在静谧的河心处，船就是孤岛，再也不用担心有人搅扰。打开一本书，涡河就成了瓦尔登湖。风乍起时，摇摇晃晃的船舱在跳着水上芭蕾，人似袋鼠育婴袋里的幼鼠。

人闲水静。有鱼儿在水里翻着花，复又钻到水里，刺溜一下，吓得蜉蝣一阵踉跄。这样一种生命极短的生物，兴许有一部分是给吓破了胆。

人在水心里，水在人眼里。人与水同居，水涵养了人的静气，人丰满了水的笑涡。

一个人一生有一条河常相伴是幸运的，心灵也就多了一层防护，梦里也不会魇着，所有的郁结都被一条河给化解了，顺水行舟嘛！

我喜欢亲近一条河流，在雨后，看它的宽厚，在干涸时，看它的萧疏，一起一落，裸露的河床有着大格局。

人向河而走，心里是装着慧水的。沿河而居，是远离尘嚣的。

一直想有一条面河而居的房子，静度流年。闲暇时，不妨划着舟，躲在河心里，被一条舟驮着，万千心事都涣散在淙淙的流波里。

眼下未及，我常常去看涡河上的舟，看着看着，眼里就有了湿润的气息……

一条船，一辈子只在一条河上睡，与其说这条船是忠贞的，不如说它的内心是静谧的。

在故乡，有个叫郑店子的地方

多次在"在亳一方"博客读到他拍的美图。美，关于郑店子。

一年四季，郑店子之于在亳一方先生是灵魂的栖息处，他晴也去，雨也去，清晨也去，黄昏也去，垂钓也去，闲暇也去。有时，肩扛单反，有时，手握手机。目的是等一道道风景入相框来，也可能偏巧遇见了好风景，用手机抓拍，发微信微博，供大家评赞。

一个人，遇见一段风景，是机缘的事。一个人总是遇见好风景，是关切的事。不管是机缘，还是关切，最终都是风景本身的诱惑力在起作用。

郑店子位于涡河与小洪河的交汇处。我在一个深秋曾经去过,在我等肉眼看来,实属蛮荒之地。草色杂陈,芦苇旁逸斜出,野鸭翔集,落霞照在郑店子的四周,也照在附近几户渔民的院落里。

白鹅向晚,三五成群。鹅的出现,给郑店子增添了几许隐逸之气。深藏在都市之郊,郑店子是遁世的桃源。有船安谧地睡在河上,说是河,其实就是水汊,在残阳落照里有着一种油画般的美。

次日看云,从东方慢腾腾地被染红,又渐渐被日光漂白,后复回归到红里。一朵云,就这样过完它的一天。云或许不知道天底下的事情,不然,它不会这般悠闲,悠闲到近乎慵懒。郑店子的水目睹着高天上流云的时光推移,这一切,它都见证了。光阴在水草上留下浅黄的印痕,又被当晚的露吸纳。

一朵云的心事,恐怕只有地上的水懂得。在郑店子的盛夏,百草丰茂,云在郑店子的睡眼里分外婀娜,如狡兔躲在嫦娥的怀里。难怪在这里看到的云总是低垂着,仿佛触手可及,只因爱这片水爱得深切,才会如此近距离地俯下身子。

是的,正如张爱玲所说,一个人爱一个人,总会把自己放得很低。云与水亦是如此。在郑店子看云,也能够领略严歌苓所描述的"云摸到草尖尖"的情景,在一片茅草之上看云,茅草有了云的悠闲,云朵有了茅草的柔韧,云与草,多像一对诤友,在慢下来的时光里,互相影响着彼此。

有船沿着涡河,划进郑店子里的水,桨声欸乃,这是最复古的继承。人有时候受条件拘束,容易安守其旧,若是条件允许,还是安守。这就是一种难能可贵的心绪。

这一点，生活在郑店子的渔家最深谙。

清晨，他们划动湿漉漉的桨出门，搅碎一河碎波。打完了最后一网鱼，渔民们满载一船鱼儿回来。远远地望去，船在云海里伏着，云驮着船和人回到寂静的郑店子。夏虫嚣嘈，这份嘈杂，使得郑店子的傍晚愈加静谧。

有灯火掌起来，淡淡的一点亮光，噙在郑店子的漆黑里，这是最好的水墨画。灯火成了点睛之笔，暗伏的虫鸣唱出漆黑色的歌声，都被这样一重黑给罩住，擒魔一般，收敛了不少暑气。

这让我想起一位诗人的话：和市中心的人相比，郊区的人少了不少暑气，若是在乡村，人心就愈加清冽了，却不冷冰，因为在这重清澈里，仍有不少人怀揣一团火，在造着高楼大厦的梦。

是的，如果你是个细心的人，会发现，近年来，城市里有太多的人，越发向往一种闺秀之气。久在樊笼里，复得返自然，他们徒步、垂钓、听戏、阅读，越来越关注这座城市的古意，不再盲目追捧外面那个浮华的世界。与多年前相比，我们多了一层退守，像是涨潮的水，又回到方才千方百计要挣脱的那方海洋里。

太多的人渴望心灵的宁静。太多的人喜欢不被设计的风景。

世界本有世界的逻辑，原本不需要人过多地去修饰。好比郑店子，这是最吸引人的地方，无论是天光云影，还是飞禽草木，乃至河边的渔家，他们都是自自然然地码在自然里的生灵，只因他们不懂得太多的改变，才守住了一脉难能可贵的灵气。

斜影照花故人来

冬天应该是一个适合发呆的季节。天气萧疏,蛰居在老街深处,细细推敲每一块青石条上的印痕,慢慢琢磨每一道花墙上飘荡的蛛网,还有那已然淡黄的幽竹。在淡远的天空下,很容易让人想起美国女作家梅·萨藤说过的一句话:"如果一个人专心致志地看一朵花、一块石头、一棵树、草地、白雪、一片浮云,这时启迪性的事物便会发生。"

从田野里,溪水边,采来一大束狗尾草,回家来,插到花瓶里。我相信,这样的季节,狗尾草能够带给我一种疏朗的暖意。草籽长得多结实呀!像极了成年的男子。是的,所有种子的东西都是坚韧的,都可以在这个冬日让雨雪绕着走。

老街深处,灯火点点,无论怎样的时节,这片老街,这条粉墙黛瓦的小巷里,总有一盏昏黄的灯火亮起,像是留给彻夜不眠的夜归人。院子的花墙上,一棵仙人掌悠悠地吐着绿,这样一种等得心焦的心情,也似那仙人掌的刺,扎得人心痒,等得人心痛。但还是要等,悲苦地吐出最后一点绿,再过些时日,霜雪就要来了。

在这样的季节,看老树的画。花乱开,一个"乱"字,用得多好呀。打开画册,画图恬淡有禅意,花色渐欲迷人眼,在大片的留白里,一弯月、一朵花、一个人,都静静地美着,这是一种寥落的美,有古拙的意味,也在字里行间,吹来扑面的梵唱。

这个季节去河边看芦花。晚风中,全是萧疏的歌声,来自流水,来自淙淙流水里最后一条没有冻僵的鱼。是锦鲤吗?在灰色的水流里,在皑皑白雪里,它努力地摇头摆尾,给这个季节带来一丝喜悦。锦鲤如火,温暖着河边最后一株芦苇的心事,在风里,人比霜花白。

夜未央,给自己煨一碗汤。百合银耳,也放一些枸杞。当然也可以放一些菊瓣进来。这样的暖,抵抗夜的寒。没有柴门,还是要留一只耳朵听着,只盼那风雪中夜归的伊人。

越来越喜欢留声机,在融融的冬日里,泡一杯菊花普洱,听一张碟,留声机里飘出罗文沧桑的嗓音,这首歌叫《黄昏》。夕阳西下,天气暮色沉沉,在这样的景色里,两个人走进黄昏,哀愁快意全都付夕阳黄沙。罗文的嗓音在这首歌里竟然这般清亮,像极了费玉清,有一种洗尽铅华的美。男人的美,也可以美得如此清丽,如远天的朗月。

舍闹归静，该有着怎样的勇气和魄力。

1753年，板桥61岁，归隐田园，闲暇时，就在江苏一代游走，闲弄花草静品茶。他所居住的环境也不讲究，但很雅致，"茅屋一间，新篁数竿，雪白纸窗，微浸绿色，此时独坐其中，一盏雨前茶，一方端砚石，一张宣州纸，几笔折枝花。"这就是生活情趣，卸下一身庸碌，守得一份悠闲，看窗前云，写胸中竹，品手中茶，大雅心境。

拿一段滋味养自己

至今仍怀念借调到花戏楼景区工作的一段日子。戏楼后面有一个别院，专供导游人员歇息之用。别院里有数百年前的古碑。碑文已斑驳，有一丛竹，环院落而生，风来，是竹风，鸟翔，如惊鸿，握书临窗，拂却游人喷喷，甚为快慰。

长期在都市里生活的人们，久而久之，如缺水的土地，是要靠一处幽静的环境来淘洗自己的。陌生能激化我们的灵感，清幽能培养我们的情趣，闹养体，静养志，果然如此。

在生活里奔走的我们，时常会发觉自己总像是缺少点什么。有时候，会因这份缺失变得六神无主，抓挠不是，睡在床上，翻来覆去，走在路上，不得其解，到底是缺了什么呢？恰恰是缺了这样一番别样的滋味，如一个长期行走在沙漠里的人，忽然望见一眼泉,好一番痛饮呀!

有一段时间,我特别爱读周作人和汪曾祺的文字。他们的文字总能给人营造一种别样的味道,似雨天里的一地青碧,溪边正在发着葱绿的新韭,荷叶上伏着的一只嫩蛙。微风拂过,摇曳多姿,蹦跳之间,波光乍现。

孟子说,我善养吾浩然正气也。怎么养?静以修身,俭以养德。怀揣着敬畏心做事,怀抱着天真阅人,不争逐,不计较,不钻营,不算计。该坚守的寸土不让,该放手的秋毫无犯,该汲取的潜心凝神,该摈弃的一干二净。

衣食有真味。宽衣养体,素衣养心,粗布衣养廉,锦衣养情。珍馐养眼,素面养胃,家常饭养心,至味菜根香。

每个人都是行走的一脉泉流,我们可以从别人的泉眼里照见自己的内心。拿别人的进取心养自己的志向,拿别人的欢喜心养自己的幽默,拿别人的安宁心养自己的静谧,拿别人的壮怀心养自己的胆魄。

每个季节都有不同的风景,我们大可以移步换景,乘物以游心。一缕春风里珍惜自己的得意,人生得意须尽欢,尽欢时候想明天,留一份欢愉存耳畔,听取三千炙热,收获万种云天。一抹夏阳里检索自己的影像,不堪的佝偻,挺拔的自信,亦步亦趋的坚持,且歌且行的豪迈,都化作一首首诗,馈赠生命的旅程。

每一个年龄段都有它的滋味,每一天都有每一天的精彩,借一段幼年过滤我们的心境,借一段青年鼓舞我们的激越,借一段中年增加我们的责任,借一段晚年沉醉我们的淡泊。借昨天回味,拿今天做筹码,赢取通往壮丽明天的船票。

这滋味,那滋味,收纳,融合,回味,体会,方知人生真味。

人间有味是什么?苏轼说,是清欢。苏轼太睿智了,写出这样的句子,该有着怎样澄明的心境呀!俗世的风烟飘满了时光,稀释了岁月,我们拄着心灵的杖且行且觅——

拿一段滋味养自己,寻一份清欢来养心。

第三辑 流年有爱,心随花开

生活好比四季,每一个季节都有它的精彩,心灵便没有空挡。生活好比剧情,每一集都有它的悬念,我们才能欲罢不能地看下去。在生活的春宴里,每个人都是饕客,享用当下,用昨天的勺子和今天的火焰烹制明天的菜肴。

被味道浸润过的流年

出差到了合肥经开区。发微信,原野里,一处油菜花倔强开放,旁若无人地绽放着自己的心迹。一朵花的香,牵引着我,想起了我在合肥上学的那段日子。

忆起合肥师范学院门前的市井,我和我女友一起轧马路,吃最美味的铁板烧、荷叶炒饭,还有盛夏里带着冰沙的绿豆汤,是由附近村庄里的人家熬制的。绿豆是当地产的,特别清冽解暑。还有一家羊肉板面,老板夫妇是地道的太和人,带着皖北熟悉的乡音。男人谢顶,却爱把一朵油菜花别在耳朵上。他说:"油菜花真香,看着你们这些大学生,闻着这样的花香,感觉生活真美好。"

生活就是这般琐细,犹如砂石,正因琐细,才能打磨出时间的亮泽来。

家在皖北，距离太和县仅仅几十公里，然而即便是到了太和县，也吃不出羊肉板面的味道来，仍觉得还是合肥经济开发区门前的那家好，味道纯正。我把这一感觉说给朋友听，朋友真去试了一次，说，与纯正的太和羊肉板面比相去甚远，只不过我是裹挟了太多的光阴进去。一碗面吃出了一段时光的味道，难免不同。

朋友的话我信。吃惯了合肥宣城路的小龙虾，即便是到了江苏盱眙，也不觉得那里的龙虾比合肥的好到哪里去。闲暇的光阴里，吃过的洽洽和小刘瓜子，无论走遍全国各地，每一次吃，瓜子在牙齿之间轰然裂开的瞬间，一段往事也在脑海中拉开帷幕。

有人说，恋上一座城市，就是因为恋上了这座城市里的人。如此推理，恋上一种美味，是因为恋上了那段光阴里的某个人；对一种味道念念不忘，是因为对一段光阴无法割舍。

开笔会遇见了一位南京的网络小说作家，女孩子长得很清秀，像极了饰演林黛玉的陈晓旭。在餐桌上谈及美食，她却为南京夫子庙的臭豆腐大肆"推销"。仿佛一份臭豆腐里有着千百年说不尽的逸闻趣事。我问她是哪里人？她答："南京呀！不然，怎么对夫子庙的臭豆腐这么了如指掌？"

谁不说咱家乡美。真够奇怪的，一位如此文雅端庄的女作家竟然对臭豆腐一往情深，这就是味道的驱动力呀！任何光阴羁绊不了，任何事物阻碍不了，舌根一软，什么都不顾了，什么风度，什么仪态，见鬼去吧。我们才不要活得这么束缚，要就要自己的别样味道，要就要散漫光阴里的一段舒服，一条从心底出发赶往舌尖的路。

斯人斯味，斯时斯城，我们可能一生都走不出，即便是身体走出了，心灵也一辈子围着它们转。我们都是一种味道的"卫星"，你说呢？

窗前饮茶

窗是格子窗,用经年的木条做成;藤是爬山虎的藤蔓,从墙根大胆地爬进窗子,爬到我的书桌前;茶是经年的普洱茶,用茶罐儿煮成,满屋飘来幽幽的香,依稀让人觉得这香味来自唐宋;茶罐儿是粗砂,木炭煨着,木炭通红,似那年的心事。

我在窗前饮茶,一杯泡在岁月里的茶,麻纸已斑驳,茶还好,煮茶在窗前,估摸着爬山虎也被这样一缕香诱惑了,不由分说地爬进来。

有风,慢慢地吹着,窗前桌上,一本发黄的诗集,是线装的,纸张里似有淡淡的茶意。书是朋友送我的,据说是镇子上一座寺庙搬迁,一位大和尚送他的,他转赠给了我。我翻开诗集,看到一个醒目的名字:周瘦鹃。

周是周身茶意的周；瘦是清瘦如茶的瘦；鹃是啄过残茶的一只有了凡心的鸟。

斯人远去，一阕阕诗章，犹如经年的古茶，散发着隐忍的香气。

想起早年在乡间看人饮茶。茉莉花茶，被滚烫的开水兜头一通猛浇，有一种摧花的感觉，这样的茶饮起来有一种粗粝的香。的确，乡间人并不讲究，不了解"前投"、"中投"、"后投"，也不了解80度的水温等等，只知道茶注定要和开水放在一起，它们注定是一家子。

乡下人不懂得品茶，我们也不必苛求，提及茶，他们的第一印象就是解渴之物。毕竟，乡村和风雅也没有必要沾边，务农即是乡人的风雅，无它。茶是乡下人招待客人的一种道具，有茶，就证明心意在，关系在，至于泡茶的过程，完全就可以省略了，任何人都不会细究。到谁家里去，若是主人拿出了案头的茶叶来泡给你喝，没说的，证明你倍有面儿。

祖父是个很讲究的乡下男人。初夏来的时候，他总会从屋后的竹林里采摘一些新鲜的嫩竹叶，放在瓦盆里洗净，放在砂锅里煮。煮出来的竹叶茶青碧可人，让人看起来就想喝两口。这样的竹叶茶清凉解暑，还有一种淡淡的竹子的清香。

祖父说，喝竹叶茶，要用粗瓷大碗来喝，两者非常相称，每喝，必须咕咚咕咚作响，这样才有男子汉气魄，让竹叶茶的清流滋润你的全身。我觉得祖父说的话很有道理，如法喝之，确实别有一番感觉。如今，祖父离我远去多年，他教我的竹叶茶喝法至今一直在沿用。有几次,透过竹叶茶,还能照见祖父的影子呢!

  乡下人,一年到头地头忙到地尾,很少有机会坐下来去喝一壶茶。只有到了雨天,把茶罐儿抱出来,放在窗前,清洗干净,放上茶来煮。雨声点点如诉,茶很快就开了,端着粗糙的茶罐儿倒上一杯,闻上一闻,清凉的雨意里,因了茶,一种暖暖的感觉溢满全身。

村　宴

在搜狗里敲击"村宴"两个字的拼音，没有这个词组，搜狗在提示我——"春燕"？也难怪，乡村似乎压根儿和"宴"不挨边。乡村古朴，宴席奢华，两者不在一个"阶级层面"，换言之，有种"刘姥姥进大观园"的感觉。然而今天，我偏偏要说说村宴。

2010年夏天，我结婚了。在亲戚朋友的一致反对下，我坚持要把喜宴放在乡村来摆。原因很简单：乡村这片土地是生我养我的地方，在乡村办喜事非常热闹。

小时候，我曾见过多次乡村喜宴，提前两三天，就要请好乡下的厨子（在我的故乡，乡下厨子被称为"聚长"）。"聚长"是个什么官儿？答案是"聚长"不是官儿，但是，在乡村的喜宴上，即便是再大的官儿见到他，都要给三分面子，让香烟，给好酒。民以食为天嘛！不给"聚长"面子，就要伤胃口。尤其是在20世纪80年代，一次喜宴，比过年吃得还好。

"聚长"来到家里，搭锅支灶，租赁瓷器，然后开出一个菜单，上面密密麻麻地列上了八角、辛夷花、桂皮等香料，腐竹、银耳、木耳等干货，还有鸡鸭鱼羊等鲜肉，各种时蔬。"兵马炮"齐备之后，掂大勺的"聚长"们开始生火做饭。

灶台一般搭在院子里，灶台分三座，一座用来煮肉，一座用来蒸食，一座用来烹炒，火苗闪动中，香味就飘满整个院子了。菜刀和案板嚓嚓作响，各色食材被切得整整齐齐，分别码在筛箩里，饭点儿一到，立时就能吃到美味的饭菜。

头一顿饭一般是在晚上吃，因为一切收拾停当，基本上已是日色偏西，提前来帮忙的至亲挚友自知是不用回家了，有的是吃的，不妨等吃一顿地地道道的大家宴。这一顿饭一般是十个菜，多为烩菜，大多用勺子吃。劳累了一天的人们汤水菜肴一起下肚，大馒头拿在手里瞬间被干掉，一天的劳累在美味里逐渐消解。

饭毕，"聚长"烹炸一些明天要用的焦丸子之后，就和煤封火，用钢叉在漆黑的煤炉上插上几下，露出几个通红的火孔，这样，有空气流通，就不担心炉火灭掉了。这是一项技术活，在乡村，炉火一旦升起来，喜事不办完，一般是不能灭掉的，要不就是不吉利，所以，古时的乡村选择"聚长"，关键看能不能掌握"火候"。这个火候不是指烧菜，而是指生火的水平。

第二天，一般就是饭菜席了，七大姑八大姨，周围的邻居都要来。亲戚们一般是等着吃饭,刷盘洗碗、摆桌子、拉板凳的活儿一般都是邻居来做。这些邻居一般被称之为"帮忙的"。这些帮忙的,一般是不要拿礼金的,光干活吃饭即可。

这一天,唢呐班子就要来了,《百鸟朝凤》吹得嘹亮、最热闹的要数这天晚上,扬琴一敲,大鼓书一唱,吹拉弹唱,唢呐班子前围得水泄不通,吹唢呐的汉子脸膛涨得通红,很有喜感。如我一样的乡间少年,托着腮,在台下听得入神。印象中,最常听的是《王天宝下苏州》《陈州放粮》等等。少年情怀总是充满幻想,总希望自己能成为戏中人,土窝里飞出个天子,金窝里飞出个金凤凰。

戏一散,放上一通炮仗和土枪,这一天的喜宴又要落幕了。经过这一天的忙碌,喜宴人家的土路上都油漉漉的,全是白天托盘上洒落下来的汤水,闻一闻,满院子的饭菜香和酒香混杂在一起,喜气盈门。

第三天被称之为"正事"。这一天,要么新娘子要进门,要么做寿的老人端坐在正堂,一帮儿孙行礼,要么是开锁的孩子(在皖北农村,为了孩子好养,一般要找一户姓马、牛、杨的人家做干爹,这些姓氏谐音"马、牛、羊",这些动物四只脚站得稳,认这些姓氏的人做干爹妈,以后孩子站得稳,行得正)。这天中午的喜宴最热闹,通常至少要16个菜,冷热菜肴、甜盘都有,临走的时候,旧时还要发一些烧卖,现在都用喜糖代替了。

这顿饭一毕,就意味着喜宴要结束了,最后还有一项非常讨喜的活儿,是留给乡间孩子们的,那就是待在办喜事的亲戚家不走,剩馒头剩菜再吃上个两三天。这项活动被乡人取了一个非常有意思的名字——刷油锅台。

这就是关于村宴的全部记忆,我的结婚喜宴全部依照乡间风俗来办。诸般过程我又再次经历了一遍,也回味了一遍,如今,再次写这篇文字,舌尖上仍有村宴上菜肴的气息在萦绕。

念念村宴。

冬瓜记

冬瓜这种蔬菜像极了一尊胖胖的弥勒佛。

佛祖所言多智慧,冬瓜高产且大个儿,有时候,一根藤蔓上就能结瓜三两个,每一个能达数十斤。

冬瓜躺在田园里,像弥勒佛躺在莲花垫上。

小时候,乡村遍地皆可寻冬瓜。这种憨厚的瓜种,生命力特别旺盛,从不挑选土地,无论是贫瘠还是肥沃,种上一粒冬瓜种子,就能收获两三个冬瓜。

农历四月,冬瓜秧墨绿墨绿,白花点点,逐渐开始坐果。幼年的冬瓜上布满了一层毛刺,这是冬瓜对外界事物的拒绝,拒绝任何物体的碰触或抚摸,只允许清晨的露珠和阳光接触自己的身体,这也是冬瓜的自我保护。

冬瓜是最爱美的一种蔬菜。她一出生，浑身都结有一层白色的粉，施着粉黛，更能映衬出她的美，她的丰腴。

我一直浪漫地认为，冬瓜是蔬菜中的杨贵妃，看她的体态，看她的肌肤，都是最好的明证。

冬瓜味淡。淡，恰恰成了她的优点。冬瓜和任何蔬菜相配，皆可融入另一种蔬菜或佐料的味道，最具包容性，像极了强大的中华文化，也像极了一种人，人缘极好，和谁都能谈得来，到哪里都能吃得开，很讨人喜欢。

当然了，单独烹炒冬瓜片儿，也别有一番风味。唇齿之间，洋溢着一股难得的清爽，沙愣愣的，大味是淡。还曾在老街深处的糕点店见过冬瓜，风干了，被染上色，浸润了砂糖，做成青红丝，放在月饼等糕点里，吃起来很有一番别致的味道。

可咸，可甜。这是冬瓜的特点。

最后，我还是禁不住要说说冬瓜的皮。小时候，常见母亲把削下来的冬瓜皮收集起来，放在窗台上风干。一开始，我还不知道这些被晒得打卷儿的冬瓜皮有什么用途。直到有一次便秘，母亲淘洗了这些冬瓜皮来给我煮汤喝，不多时，很快消滞。自此以后，我对冬瓜又多了一重敬重。

旧时的农家院子里，柴棚下面最常见的就是冬瓜，那些收获下来的冬瓜被堆在院子里，吃上几个月都没有问题，冬瓜这种蔬菜经得起时光的考验，不易变质，也全仰仗外面那层厚厚的皮。

我一直觉得，院子里堆着十几个冬瓜，这户人家心里是踏实的，至少一家人一个季节的口腹之欲有了着落。

硕硕冬瓜，在岁月深处巍然屹立。念念冬瓜，有她心安。

河飘油与雪花膏

这些年,母亲和父亲居住在城市乡下,每每想起母亲,总能想起母亲身上的两种味道。

一种是河飘油的味道。

提及河飘油,也许很多人不知道是什么。首先说说"河飘子"。在皖北故乡,河蚌被称之为"河飘子"。河飘油,就是装在一副河蚌壳之间的一种油脂,主要是在严冬使用,可以有效预防手指皲裂。

旧时的皖北,冬天奇冷。父亲开了一家诊所,顾不上打理家务和农活,于是,十亩田的农活全落在母亲肩头。按理说,在冬天,农人是清闲的,可是,我们家不同,种了八亩的红薯,全要赶在寒霜降之前收获,一部分打红薯粉,另一部分就要被切成红薯片，撒在撂荒的田里，等待它们被晾干。

打撒红薯片可不是件好活儿，飞出来的红薯浆汁溅得满身都是，洗也洗不掉。关键是在初冬的天气里，这样的浆汁在手上久了，很容易造成手指皲裂。久而久之，母亲的手掌变成了久旱的土地，一个个裂开的手纹冒着血丝，有溃烂的，还露着肉。母亲停不下手中的活儿，也不舍得到医院买贵重的药膏，只是买一些河飘油来涂。

预防手裂的河飘油有着一种刺鼻的香味。这香味不柔软，硬邦邦的，闻得人鼻孔很不自在，但是，母亲依赖它，整个冬天都少不了。直至开春，母亲手上的裂痕才逐渐合上，手依然粗糙得很，我的背痒时，母亲只需要把手伸进我的痒处，不用指甲，随意摩挲几下，特别杀痒。

母亲身上的另一种味道就是雪花膏的香了。

小时候，在农村商店里常常能买到这种雪花膏，有的是盒装，有的是袋装。印象中，有"可蒙"、"雅霜"、"孩儿面"之类。清晨洗脸之后，母亲会从袋子里挤出来一下，抹在脸上，对着镜子左右端详之后方才出门。

母亲是个讲究而不"将就"的女人，农闲的时候，母亲常常领着幼年的我去集镇上"赶集"。她的大手拉着我的小手，攥得我手心里汗津津的，闻一闻，还留有母亲手掌上雪花膏的香氛。

母亲年轻的时候，皮肤白皙是出了名的，我们兄妹几个也和母亲相像。可是，随着岁月的更迭，母亲年龄的增长，河飘油与雪花膏并没有起到什么作用。繁重的农活和乡间的风吹日晒把母亲的皮肤晒得黝黑，手掌粗糙得像砂石。隔三岔五，母亲都会来我家抱抱她小孙女，在和孙女亲昵的时候，孩子总是下意识地躲避。母亲很尴尬，放下孩子便说，是奶奶把你弄疼了。

我待在那里，两眼湿润。

悠悠岁月，河飘油代表着忙碌的母亲，河飘油抹在母亲的手上，皲裂的双手上爬满了母亲的"田园功绩"；雪花膏又代表着爱美的母亲，女人哪有不爱美的呢，母亲把她的美凝结在朴素的雪花膏香里，廉价而温馨。

恋恋茄香

茄子紫红着脸膛,站在盛夏深处,一副年富力强的样子。

每一户农家,若有一个园子,则必定要种茄子。种在园子的东面,太阳升起的时候,一片深紫,有些紫气东来的意思,很讨喜。

即便是再挑食的人,恐怕也会对一只茄子来者不拒。

一只茄子,可以用肉末烧。

在合肥上学时,校园后面开着一家阜阳餐馆。是一家夫妻店,妻的刀工好,夫的厨艺佳。油烧热,先过油,再炒肉末,最后,肉末和茄子在一起烧,茄子中有肉末的浓香,肉中又茄子的鲜美。这样的肉末茄子,吃起来很下饭。

一只茄子,还可以蒸食。

一是切片上锅蒸,然后手撕成条状。用蒜汁调食,很开胃。另一是把茄子切成丝,拌了面上锅蒸,最后佐以麻油,这样的吃法保留了茄子的香,可以当成主食吃,吃剩下的,还可以加鸡蛋炒食。总之,不舍得随意扔掉。

一只茄子,当然还可以做成饺子。

茄丝饺子是母亲的拿手好菜。在那些经济条件不怎么好的岁月,母亲能把茄子做得比肉还要香。我至今记得母亲做茄丝饺子的全过程:先把茄子切成细丝,焯水,待到茄丝熟了,用纱布把茄丝里的水挤干净,调料放足,做成馅儿。这样做成的饺子有一种难得的肉香,且不油腻。印象中,每次母亲做茄丝饺子,我都撑得腆着肚皮。

茄子身上似乎没有一丝多余的东西,就连茄蒂也可以炒菜,父亲最爱吃。说,茄蒂是连接茄子和母体的必经之路,营养供给全靠它,因此,茄蒂中饱含最丰富的营养。许多人惧它有刺,大都扔掉,其实,是错过了食物中的珍宝。

我坚信父亲所言,从此也爱上了吃茄蒂,也渐渐爱上了茄子的性格。

茄子的叶子粗糙,纹理毕现。这就像它所过的生活,脚下是最朴实的土地,从不奢求太多的养分,默默开花结果,头往下垂,花朵也不嚣张,叶片上每一丝纹理都纤毫毕现,多像茄子的秉性,低调而守规矩。

做茄子,有一点不好,就是生来就要注定被分而食之。

茄子肯定不知道自己一降生,就预示着自己将被以这么多种吃法结束自己的一生，若是茄子有灵，会不会把自己缩成一个硬邦邦的菜疙瘩？

我把自己这个奇怪的想法说给朋友听。朋友说，茄子才不会是你想象的这种格局呢，它的胸襟大着呢，你看，它的样子与弥勒佛的肚皮几乎毫无二致。

是的，人有时候，应该向一种时蔬学习，譬如茄子。

妈妈的味道

《泉州晚报》的郭编辑曾在母亲节到来之际，约我写过一篇"记忆中妈妈的味道"。回忆翻江倒海，从万千条母爱的波涛里，条分缕析出一条最难忘的，确非易事。

提及妈妈的味道，第一感觉应该是吃食。从第一口母乳，到母亲烹饪的可口饭菜，可以说，我们是在母亲的味道里长大。

《舌尖上的中国》开播以后，中国人越来越关注"味道"了。民以食为天，味道是食品的终极归宿。

一盘黄花菜里，可能藏着一个春天；一份家常鱼里，可能蕴含温馨的天伦；一口馒头中，或许寄存着愁肠百结的往事；一碟咸菜里的人和事，或许能够腌得人心灵流泪。

妈妈是这个世界上最最温暖的词。妈妈和美食，天生就是分不开的。

中国有句古话：儿不嫌母丑。其实，儿子也不挑剔母亲的菜肴。哪怕是当时偏食，后来的回忆里也有羞愧和悔悟。

方八另先生写过一本书，名字就是《妈妈的味道》。泛黄的封面，透着光阴的味道，一个菜肴一个故事，不仅可以让我们了解他的家乡圳上镇的地域文化，还能让我们在每一道美味佳肴里找寻自己母亲当年的做饭的样子。

一千位母亲，就有一千种拿手菜。这些拿手菜，在多年以后，还会在儿女的舌尖津津乐道，或者是做给别的人吃。吃菜的时候，遇人夸赞，会理所当然地介绍："这道菜，若是换作母亲做，不知道比这要好吃到哪里去！"

看过一位诗人写下这样的句子——

好吃不过妈妈菜，

妈妈的菜肴里有深爱。

清晨蒸呀中午炒，

晚上还要把汤煲，

岁月匆匆翩然过，

膝下承欢儿孙多，

一样的菜肴里长大，

妈妈的味道有哲学。

妈妈的味道是幸福的味道。林语堂说，幸福其实很简单："一是睡在自家的床上；二是吃父母做的饭菜；三是听爱人和你说情话；四是跟孩子做游戏。"是的，在这个食品安全堪忧、不能常回家看看、亲情渐渐流失的时代,最安心还是父母制造。

我们吃着妈妈做的菜长大,翅膀逐渐硬实了,学会了飞翔。切记的是,在故乡的老榆树旁,永远有一双眼睛在遥望你,那就是我们的妈妈。

生活其实就是一道菜。回忆就是不停地翻炒,待到菜肴熟了,可以上桌了,却在不知不觉之间发现母亲已经老了,黑发变银丝,手也慢了,眼也花了,做菜的火候掌握得也不比从前,这时候,请让我们搀着母亲到客厅去,默默系上围裙,洗手,择菜,下油,放料,菜香四溢,端给母亲吃,说:"来,妈,你尝尝,有没有你当年做的味道?"

外婆的麦仁粥

旧历年四月，乡间风暖，麦芒愈加锋利了，扎在人的皮肤上，奇痒。麦穗逐渐脱去了稚嫩的青晕，微微泛黄。这时候，在明媚的日头下，掐一把麦穗在掌心，两手上下左右揉搓，边揉边吹去脱下来的麦子壳，浮华谢尽，慢慢露出青嫩的麦子来，这就是农家最常食用的麦仁了。

麦仁是一种古老的吃食，在远古时候，人们还不知道如何储藏麦子的时候，就是揉搓麦仁在石槽里捣碎来直接食用，或者和加少许面粉在里面，做成麦仁饽饽，相当劲道。遥想多年前，在空旷的原野上，刈麦者老早就出现了，他们弓腰操镰，捋去麦穗，然后放在簸箕上揉搓，在南风里扬去麦糠，剩下的就都是翡翠的麦仁了。

外婆喜欢做麦仁粥,在我幼年时,外婆还很年轻,只见她把新揉好的麦仁放在竹筛里,下面垫着个水桶,把麦仁直接放在压水井下压水冲洗。压水通常是我爱干的活儿,外婆则用手在水流里淘洗。淘洗麦仁的过程,也是给麦仁饮水的过程,只见麦仁上的少量尘灰洗去了,麦仁们丰腴地躺在竹筛里,可人得很。

淘洗好的麦仁放在锅里,加适量的水,锅灶里,柴草嘶然,水很快就沸腾了。煮上个两三滚儿,麦仁就有九成熟了,这时候,和面为糊,搅在沸水里,再咕嘟咕嘟煮上几下,麦仁粥的清香就溢满整个屋子了。这时候,还不能立即出锅,为了让麦仁粥更黏稠、更香甜,多用锅灶里的死火儿再焖上几分钟,麦仁粥就可以盛装出场了。

盛上一碗,佐以小碟咸菜丝,边吃边喝,劲道的麦仁,爽脆的咸菜丝,能吃出浓浓的烟火气息,也有独特的"外婆制造"味道。

如今,外婆垂垂老矣,再也吃不动麦仁,但只要我们在初夏回家,她仍会用粗糙的双手为我们这帮孩子做麦仁粥。外婆辛劳了大半辈子,手掌要比城市里的老年人粗粝得多,而恰恰就是这双手,是对付麦穗的利器。尖尖的麦芒奈何不了它,揉起麦仁来,瞬息可就。外婆淘洗起麦仁来,动作慢多了,双手似乎也怕见凉水了,毕竟初夏的井水有些凉,外婆又有关节炎。我们不赞成外婆淘洗麦仁,她依旧要做,边做边说,你们做的,味道就走样了。

外婆忙碌了一个上午,终于做好了麦仁粥,外婆看着我们这帮嘶嘶溜溜吃粥的孩子笑。外婆的牙齿"不中用"了，看着我们吃，她也是高兴的。麦仁化作点点新绿伏在粥里，似我们这群孩子，而外婆则如平淡无奇的面浆，承载着我们，怀揣着浓浓的爱意把我们拥在怀里。

青青麦仁，一粒粒浮在粥里，像极了外婆的瞳孔。

咬得菜根，百事可做

明朝洪应明写有一本传世好书，那就是《菜根谭》。为什么取这个书名？

这不得不从洪应明的生平说起，至于洪先生是哪里人，恐怕现在也没有人能说得清了，只知道"洪生自诚氏，幼慕纷华，晚栖禅寂"。难怪，一个年轻时只求"闻达于诸侯"的人，到了晚年，开悟一切，潜心归隐山林，什么也不做，兀自参禅，累了就去山野种菜看花，意念纷纷如雨，到了洪先生那里都化作了甘霖，滋养他的余生心地。

菜根朴实无华，有的人在做菜的时候，喜欢用刀削去，却不知它才是菜肴中的至宝。试想，世间有什么菜不是根生出来的呢？我们吃菜抛根，与上房抽梯又有什么区别？

有这样一句话说得好:"咬得菜根,百事可做。"我想,这句话里大概有以下几重意思——

一是警示我们"人只有吃得苦中苦,方为人上人"。菜根无味,却是人间至味,细细品咂,人生百味在里头。

二是告诫我们"只要有菜根可以吃,就不妨碍我们做任何事了"。成功不需要太多的条件,条件多了就成了成功的负累,成功成才需要我们没有条件创造条件也要上,别被条件制约了成功的动力。

三是要求我们"只要我们心根稳定不招摇,就不愁没有枝繁叶茂"。为什么要以"菜根"来寓意生活,这是有原因的。正所谓"性定根香",一个人信念坚定,灵魂深处自然会飘出独特的香味来。这香味就是日后你挥洒的豪情,抒发的壮志,大展的抱负。

"咬"就要咬定青山不放松;"根"就是立根原在破岩中。就这样坚持下去,就这样修炼下去,就这样泰然自若做自我,就这样朴实无华炼心魄,任岁月蹉跎,我们就不会被烦忧折磨。

犹记萝卜丸子的香

在合肥上学那会儿,在安徽教育学院门口,遇见一个流动的摊点,一位白发苍苍的老太,正在炸制香喷喷的美食,走近一看,方知是萝卜丸子。红白相间的萝卜丝,酥嫩可人的丸子,引得不少人驻足。我也买了两个,边吃边走,遂想起当年外婆为做萝卜丸子的情形。

应该是20多年前,那时候外婆还年轻,切起萝卜丝来,十分麻利,萝卜丝切得很细,胡萝卜和白萝卜分开罗列,然后和面,放上麻油和佐料,把萝卜丝和面以顺时针方向搅拌在一起,稍微"醒一醒"面,就可以烧油了。油最好是菜籽油,这样炸制出来的萝卜丸子,黄黄的,松软糯劲,非常香。丝毫不亚于肉丸子的味道。

小时候，我最爱吃萝卜丸子，每次到了外婆家，只要是萝卜收获的季节，她都要亲手做给我吃。每一次，我都吃得小肚鼓鼓，没法弯腰。至今，我微微有些肚腩，外婆每次见我，都说是当年的萝卜丸子给撑大的。

萝卜丸子是山东人最常见的吃食。我在安徽教育学院遇见的这位老人，她祖籍就是山东人。当年，抗日战争时期，年仅十几岁的她遇到了一个受伤的小战士，她就整整做了半个月的萝卜丸子，才把小战士的身体调养过来。后来，她嫁给了这名小战士。并跟着他来到了合肥，如今，已经将近一个世纪的岁月，她也90多岁，儿孙满堂。每过一段时间，仍不忘做萝卜丸子给孩子们吃，那是她和丈夫的定情之物。其间，寄寓着太多的美好回忆。她做的萝卜丸子孩子们都很爱吃。看她身体还健朗，就鼓励她到外面做萝卜丸子给更多的人吃，分享美味。

如今，年至耋耋的老太，眼不花耳不聋，一口牙洁白如初，她笑着说，全靠吃了萝卜丸子才身体这么好。萝卜养生，丸子里的萝卜丝爽脆护齿，菜籽油可以预防三高，因此，萝卜丸子是绝佳的美食。

我夸赞老太，说她的萝卜丸子卖出了"门道"。她说，她才不在乎这几个萝卜丸子钱，她的目的是把自己一生的境遇讲给大家听，她自己也在一遍遍对往事的温习里，一次又一次获得岁月带给她的温暖。

灯火掌起吃蚕豆

20年前的那个晚上,厨房里,柴草哔剥,母亲洗好了蚕豆,放在锅里,加水和盐巴,捏上几个八角,盖上锅盖。门外风雨潇潇,天色漆黑如幕,野虫也不在田野攀谈了,我们一家人就这样围着锅灶,拉着家常,等锅里的蚕豆熟。

蚕豆又称"罗汉豆",因豆体肥硕而得名,查阅资料,方知蚕豆也是舶来品,原产欧洲地中海沿岸,张骞出使西域时将它带回来,自此在中国大地生根发芽。

从蚕豆的出身到它的名字,真可谓中西合璧的结晶。

蚕豆是闲食,在古代,是戏楼茶楼的零食。那些达官显贵们常在看戏的间隙,吃上两粒焦蚕豆。有胆大的书生,看戏时发现了哪位青衣入了他的法眼,兴许会用一粒蚕豆砸过去。于是,一粒蚕豆牵线，说不定就结成了良缘。

蚕豆和蚕又有什么关系呢？这是多年来一直困扰我的问题。好多人都说，蚕豆的外形和蚕相似，故名蚕豆。我这里却有一个传说——

唐朝时，有一位孝子，家中极其贫穷。小时候，为了把东西都留给他吃，母亲的双眼都饿瞎了。长大以后，孝子做苦力，千方百计让母亲的日子过得好一些。可是，有一年，孝子所在的地区遭了饥荒，没有人愿意雇他，眼看着母子两个就要饿死。连续数日水米未进，这天夜里，床上的母亲奄奄一息。孝子给母亲喂了水，急忙摸黑到了野地里寻找吃食。天色微明时，他终于发现了一棵豆苗，上面结满豆角且颗粒饱满。孝子喜出望外，赶忙拔起来跑回去，并没有立即煮食，而是摘下来几个豆角放在锅里煮，把豆子挖坑种在了院子里。母亲吃了两粒豆子，不仅站了起来，双目也恢复了视力。此后，孝子家的日子一天天好起来。后来，他还科考得中，做了四品大员。他的母亲还被皇帝封为诰命夫人。孝子为官清廉，他的母亲尤善蚕桑，在他们家，一直供奉着落难时救命的那棵豆苗。说也奇怪，那棵豆苗竟然几十年不死，且豆子越长越大，最后长到了蚕蛹大小。孝子把此豆取名"蚕豆"，自己的书房也改为"蚕豆居"……

蚕豆与母亲。似乎天然就有着千丝万缕的联系，写这篇文章时，再次想起多年前母亲煮蚕豆时笑容可掬的样子，想起她唱的《蚕豆谣》：

蚕豆蚕豆，肥硕的小馒头。

人说你丑陋,我看你憨厚;

蚕豆蚕豆,葱绿的指头,

弯一下是拇指,伸直了如意豆。

母亲唱着,蚕豆就出了锅,我下手去捏,被烫得嘶嘶溜溜,两手交换捏着那粒蚕豆,三两下后,等不及了,赶紧扔进嘴里,满口馋水漾得像一条河。

蚕豆出锅,煤油灯点亮了,在我们家,蚕豆不煮好,是不准点灯的,只因那时候煤油还相当金贵,只在吃豆时才点起来。

一灯如豆,满口蚕豆,这日子也是辉煌饱满的。

最安心还是"父母制造"

同事捎来一盒茶，苦茶，名曰"玉绿"。据说，能败火生津，打开来，用沸水冲泡，水刚入杯，茶汤就绿得像翡翠一般。我有个直觉，轻易得来的东西都不是好东西，这其中也包括茶色。很显然，这盒茶为了好看，被染色了，如此喝下去，胃还不被染绿了，只好偷偷弃之。

前不久，朋友又给我带来了一盒胎菊，说："你写稿子熬夜，可以用来泡茶喝，能够补充微量元素，是办公室一族的首选。"我随即打开来泡，菊花水立时黄了。我害怕了，水还不是沸水，只不过是洗茶之用，把菊花茶放在鼻尖一闻，扑鼻的硫磺味，立马出了一身冷汗，如此胎菊，只好弃之如玉绿。

听了我的"遭遇"之后，母亲说，想喝菊花茶还不容易，咱们老家有地，故乡又是药都，种什么药材收成都好。我们不妨专门辟出一块地，用来种亳菊。我说好。

一开始，我也就以为母亲就这么一说。初冬的时候，父亲来了，带着一个大大的食品袋，袋子里装的是一大包菊花，已然枯黄，看成色，很不好看。父亲告诉我，这是我和你妈亲手种下的，施的是有机肥，没有喷洒丝毫农药。采下来的菊花全部挂在房檐下风干，没有经过硫黄熏蒸，完全纯天然。

我把父亲拿来的菊花冲泡来喝，那看似"卖相"不怎么样的菊花在沸水里翻腾了几个卷儿，清香四溢，去火解表，非常可口。办公室的同事们闻香止步，纷纷问我来讨，饮后，得出了一条这样的结论：看来最安心的还是"父母制造"。

昨晚饭局

昨晚饭局，众人寻了个乡村幽僻处，农家乐小庄园。

吃的是地道的农家菜，喝的是地道的粗粮粥，就连葱姜等佐料也产自这个10亩左右的园子里。

首先上来的是一碟黄瓜。黄瓜是我们在园子里自采的，洗干净，一刀两断，蘸青花瓷碟里的半碟白糖来吃，清爽可口。

第二道菜是凉拌荆芥。荆芥的叶子青碧可人，佐以酱油些许，麻油点滴，一道菜就这么简单，吃起来醒脑凉身，口舌之间皆有薄荷凉意。

第三道菜是红烧小笋鸡，也就是鸡仔。肉质鲜嫩，在园子里放养的，精瘦精瘦，餐风饮露，最得天地灵气，最是人间烟火。

第四道是蒸菜。清晨，从园子里采摘新鲜的茄子，去皮，切成丝，拌面，上屉蒸，水沸两分钟，茄丝与面粉亲密地结合在一起，似一对恋人。这时，趁着热劲儿，撒盐巴少许，麻油适量，一道美味的蒸菜就做成了。

而后，还有菜品云云，皆出自这个园子。一帮人边吃边谈，荠菜饺子上桌时，某君啖下水饺一只云："我若生在此园中，日日寡汤也荣幸。"

言毕，窗外车声隆隆，一帮人等驾车来聚餐，弄得院子里尘烟四起。农家乐院子里的狗也狂吠不止。老板拉开帘子出来，拱手言笑。

刚才羡慕老板的某君，半个饺子还在嘴里，含糊道："就当我刚才什么也没说。"

出门去，遇见农家乐老板的乡邻，谈及农家乐，皆苦不堪言。说，终日喧嚣的车阵呼啸而过，完全不顾及农家孩子散养奔走的现状，好几次险些酿成惨剧。且猜拳行令，醉话连绵，夜夜如此，吵得人睡不着觉。如此农家乐，乐的是老板与食客，忧的是周遭的乡邻呀！

此为昨晚饭局一记，至今想起来，脑海边浮现的不是绿色菜肴，而是菜肴之外的那些乡邻。

我亦是农村长大的孩子，旧时，每每看到乡间土路上呼啸而过的摩托车，坐在路边吃饭的乡邻纷纷掩碗，我必内心唾弃这种嚣张。今时再想，又有多少农家乐，扰了农家的乐子呀？

做生活的饕客

我向一位老者请教生活智慧,没想到他开口就说:"能吃又能睡,没事喝几杯,莫作非分想,杯箸有真意。"

老者的话一出,我愣了半天,稍后一琢磨,简直说尽了人生况味。

我常常喜欢拿这句话来劝慰朋友:"该吃吃,该喝喝,有事别往心里搁;该饕餮时就放口,该品味时就享受。这世界,你不消磨生活,到头来,生活还是要消磨你。"

我说这话,有些人开始还不信,到最后,额头上逐渐爬满了皱纹,他们就开始信了,生活的刻刀毫不留情地为你刻画了年华的印记,人非草木,逃不开的是年轮,躲不掉的是叶落,我们能做的就是在叶绿时茂盛一些,在花开时肆意一些。

清晨醒来的第一件事,我想的是:今天又是一场盛宴。我要整齐衣装、精神百倍地去赴约,在众人面前展现,我过得很好,我是一个幸福的人,把你们羡慕的眼光都投向我吧,我承载得起,我供养得了,我消化得掉。

午后,我会端起一杯茶,拿上一本书,听一盘CD,不需要听歌词,茶也不必太好,在阅读中老去,在书写中成熟,是我这辈子最大的梦想。

每一个晚间,我把我所吃到的每一个菜肴悉数讲给我的家人听,能做的我演示给他们看,不能做的,叫一单外卖也是个不错的选择,若是不适宜叫外卖,地域较远,索性携家带口去那份菜肴所在的城市,找一家小馆儿,坐下来慢慢享用。

一天,一月,一年,一生,都被快乐的时光铺满,心灵不再繁芜。

生活好比四季,每一个季节都有它的精彩,心灵便没有空挡。

生活好比剧情,每一集都有它的悬念,我们才能欲罢不能地看下去。

在生活的春宴里,每个人都是饕客,享用当下,用昨天的勺子和今天的火焰烹制明天的菜肴。

诗人韦庄说:"遇酒且呵呵,人生能几何?"做一名生活的饕客,这不是消极地遁守,而是积极地进攻。饮食男女,人之大欲,你会生活没感觉,生活给你的也只可能是麻木不仁。

偎雪煎茄

冬日渐渐走向深处的时候,人见到食物会格外亲切,尤其是被盈盈一碗热汤煨着的食物,譬如,煎茄子。

深冬的茄子在菜市场里,显得格外新鲜,室外的白雪、臃肿的冬衣、卖菜人赤红的脸膛,与紫色的茄子映衬在一起,画面分外温暖。

茄子这种时蔬,在皖北的冬天是很少能见到的,秋末,茄子已垂垂老矣,吃起来涩苦难耐,皖北人冬日吃到的茄子,多是从南方运来,外面敷上厚厚的棉毡。也恰恰是因为少,加之冬日本来可以吃到的时蔬寥寥无几,才显得尤为珍贵。

茄子若拿人来比,应该算是蔬菜界的扈三娘了。紫褐色的茄荚是它的铠甲,圆润的身躯,略略带一些肉感,这又和扈三娘是何其相似,有一些刁蛮,有一些俏皮,食色俱佳,秀色可餐,深得食客们的喜爱。

北风吹得紧时,人喜欢吃一些油脂较重的食物。油煎茄子无疑是最好的吃食。茄子洗净后,切成薄片,放在案板上醒着,这时候,用面粉和鸡蛋和成面糊,加少许的盐巴,面糊制作完毕后,案板上的茄片已微微渗出些水分,这时候,把切好的茄子放到面糊里浸润,直到裹上一层"糊衣",这时候,就可以煎制茄子了。

煎茄子最好用菜籽油,茄子清爽,菜籽油有一股浓郁的香氛,这气息可以一度让人想起春天。菜籽油的油温达到六十度左右,把包裹了糊衣的茄片放到锅内,油的多少以微微漫过茄子为宜,茄子与菜籽油在锅灶中热恋一番,翻到另一面,再一次温情脉脉,待茄子外的面糊煎到金黄色,用筷子扎一下,有热气冒出,可以看到茄子微微泛青,有清香溢出,茄子就煎好了。

煎好的茄子,用白瓷盘装起来,极其好看,瓷白如雪,茄子是雪地上行走的美人,还穿着貂皮,雍容富贵。的确,一切煎炒类的食物都是有着一种雍容饱满之香的,因此,也可以佐以甜酱来吃,或是大葱丝,别有一番味道。

清代李渔在《闲情偶寄》的"瓜茄瓠芋山药"一节中这样记述:

"瓜茄瓠芋诸物,菜之结而为实者也。实则不止当菜,兼作饭矣。增一簋菜,可省数合粮者,诸物是也。"

按照李渔的说法,瓜、茄、瓠、芋都属于蔬菜中的果实类,还可以当做主食。增加一箧菜,可以省下很多主粮。因此,煎茄子当成主食吃,甚为妥当。

到了宋代,就有人开始在雪天煎茄子了。宋代尚无大棚蔬菜,但是,他们懂得制作茄干,

宋代的《浦江吴氏中馈录·谈茄干方》这样描述茄干的制作方法:"用大茄洗净,锅内煮过,不要见水,掰开,用石压干,趁日色晴,先把瓦晒热,摊茄子于瓦上,以干为度,藏至正二月内,和物匀,食其味如新茄味。"据传,当年,欧阳修在亳州任知州时,曾用自己私藏的茄干,煎来宴请士人,深得人们喜爱。其实,宋代,茄子称之为"落苏",欧阳修到亳州来,多少有被贬之意,众人皆不知,这是在自嘲。

冬日落雪,呈皑皑之势,这时候,偎雪啖茄,把煎好的茄子和青菜叶、粉丝一起来煨,也不失为一道美味。两碗下肚,吃得汗津津的,格外温暖。出门去,无边的寒冷都退避三舍了。

大雪与食欲

我曾在大雪后去皖北小城颍上,在一处老旧的景点门前望见一株柿子树,叶子全落光了,大雪压在枝上,很有禅意。树枝上,数十枚磨盘柿子在大雪的映衬下,显得格外耀眼,也格外的撩拨人的味蕾。那是这个冬季我第一次感觉到大雪和食欲相关。

我一直坚信这样一个理论:天气越寒冷,人的胃口就越好。外界的冷需要我们用体内的食物来补充能量。所以,大雪和食欲的关系,是有科学依据的。食欲来自身体,因此,和其他欲望一样,都是身体缺失,才导致格外想念。比如,卖火柴的小女孩在弥留之际,想到了火鸡和烤鹅的香气,也是饥饿与寒冷所致。

有位朋友农村出身,土里摸爬长大,后来做起了钢材生意,现在家底相当殷实。在异乡做生意的他说,自己常常在冬日下了大雪,就特别想家,每每想家的时候,鼻孔里总能嗅到一股炊烟的味道:玉米秸、麦秸、豆秸……燃烧的味道,有一股淡淡的甜。每到想家的时候,他总要煮一锅从故乡大地上收获的谷类,做成八宝粥来吃。按照朋友的说法,这样做,可以消解乡愁。

大雪纷纷扬扬而下,这时候,走在皖南乡间,多能看到腊肠、咸鱼、腌肉挂在屋檐下,在冰雪天地炫耀自己的丰腴。忘了哪位老作家所说,冬日的腊味,挂在外面,或许对于富裕人家是很正常的陈列方法,对于那些食不果腹的人,却是赤裸裸的挑逗。

每到雪落时候,我总想起台湾作家简媜在《肉欲厨房》中描述炖汤的句子:"成熟蹄髈的鼾声、清蒸鳕鱼白皙的胴体、油焖笋娇嫩的呻吟、干贝香菇菜心的呼唤,以及什锦豆腐羹发出孩童般的窃笑。"把食材与人的身材联系在一起,一锅子乱炖,让人眼花缭乱,也让人垂涎欲滴。

诗人大卫说:"我总相信有些雪总是先落到诗里,然后落向人间。"这句话,换一种方式表述也照样成立——有些雪总是先落到人的味蕾上,然后落向人间。雪是最好的开胃晶体,它可以是食欲大堤临近崩溃的最后一粒泥土,它缓缓落下,人的馋虫就如决堤一样一泻千里。

有雪飘落的乡村,地窖是最热闹的场所,那些雪落之前的白菜、萝卜,都被拿出来,与粉丝和五花肉一起来煨,最能下饭,当然,红薯更需要窖藏,怕冻,冻坏了就无法食用了。从窖里提出来的红薯,用来煮粥,甘甜绵长,是雪天出行之前必吃的一种御寒食物。

有雪飘落的城市,菜市场也人头攒动。新鲜的蔬菜,水灵灵的,被人扒拉过来又扒拉过去的干货,哗哗作响,似乎在炫耀自己的美味。各色肉食被事先切割好,"发配"到各家各户的餐桌,煎炒烹炸,变成各色美味。

雪,是这个季节的最美音符,说得狭隘一些,是用来佐餐的。写到这里,让我想起《左传》里面这样说,假设你路过一处府邸,听见里面鼓乐合奏,就可以断定,人家已经开饭了。

雪且下,杯莫停下。

初冬的茶与粥

一间老房子,一颗纯洁安宁的心,一个晴朗的初冬,做些什么呢?铁壶煮茶,瓦罐煮粥。茶有一种远离尘嚣的清幽感,粥有一种醇厚浓稠的沧桑感。

初冬干燥,人是需要一些湿润的。老房子遮蔽苍劲的北风,一壶普洱茶,喝出通体的透彻,一罐青菜粥,喝出无边的暖意。

茶是淡然出尘的。从造字结构上来看,是"人"在"草""木"之间,当一个人一心与植物为伍,淡远尘烟,那么,他就一定是出世的、淡泊的、清净的,在欲望上,他是一个素人,而非"俗人"。

粥是亲密无间的。一般情况下,谁人会为你煮粥?印象中,小时候发烧,母亲的菜叶粥,吃得我大汗淋漓,烧立马退掉了;

出差在外久了，妻子的一碗皮蛋瘦肉粥，粥碗圆圆，让我吃出了家的向心力。

初冬时节，万木凋敝，茶在开水里收获了第二个春天；粥在瓦罐里把水与米说合成了一桩好的姻缘。

看高僧煮茶，是别样的风景，高僧枯瘦，茶汤如海，禅意在一只茶碗里"一苇渡江"。

看美人煮粥，亦是一般人无福消受的情调，试想，现如今的女子，又有几人会煮粥？

郑板桥说："从来名士能评水，自古高僧爱斗茶。"禅与茶，从来都是同声共振的，僧人有诸多戒律，但茶是不戒的，而且有清规。在南宋开禧年间，寺院里经常组织茶宴，人多可达千人，他们品茶，斗茶，写茶诗，撰茶联，好不快活，僧人们还把四秒钟的饮茶规范纳入了《百丈清规》，何其爱茶？

看《浮生六记》，沈复才12岁那年，跟着母亲到未婚妻芸娘家去玩。深夜，突然饥肠辘辘，芸娘为沈复事先准备好了"暖粥并小菜"，那意思是，我早知道你要饿的，粥为你煮好了，佐餐的小菜也为你预留，这是何等贴心！难怪一本《浮生六记》，手稿几经辗转，流落在破旧的书摊上，也被人发现，而后印刷出版，只因文字之间激荡的温暖情愫。

茶有千般好，粥有万般妙，两者何不结合？

其实，故人已经替我们想到了，晋代时，傅咸就写过这样的诗句："闻南方有蜀妪，作茶粥卖之。" 他也只是听说，听说四川一代，有老妪卖茶粥，想必是很好吃，因此念念不忘；到了唐代,茶粥就普遍了,唐代有"茗粥"一说,这种茗粥就是"茶粥",涵盖两层意思,一是"煮制的浓茶,因其表面凝结成一层似粥模样的薄膜而称之为'茶粥'",二是以茶汁煮成的粥。难怪诗人储光羲在《吃茗粥作》中有这样的句子:"淹留膳茶粥,共我饭蕨薇。"

如此,茶与粥这样一对神仙眷侣有了巧妙结合。茶粥之乐,真可谓绵绵不休。

时值初冬,窗外青霜霖霖,屋内红泥小炉,可以煮祁红,品普洱,也可以煮粥,佐以经霜的干叶小菜,一碗茶汤吃出醒悟,一碗菜粥吃出春风浩荡。

饮食风雅颂

饮食是一件极其风雅的事情。单纯从美食的烹饪来看,讲求色香味俱全,颜色好看且具有多样性,这不仅仅是美感的要求,也暗含着营养的需要。

古人造了个词,叫"秀色可餐"。那么,既可餐,又是"秀色"的,就惟有美食了。饮食与美感,是人类每天都要面对的课题。因为,纵观这个世界上每一件事物,只有饮食是把人的物质享受和精神享受融合在了一起。

小时候,家庭拮据,吃不起肉,煎制食品已成奢侈。犹记得那时候,母亲喜欢煎茄夹,母亲煎茄夹尤为讲求火候,要求用菜籽油,把茄夹两面都煎成赤黄色,丝毫不能焦煳,母亲说,哪怕是多放些油不碍事,也不能把茄夹煎得不好看。母亲是个完美主义者,如果说，美食也分为风雅颂，母亲的境界已臻于"风"的境界。

也有雅的。在陶谷的《清异录》里记载了一个名叫梵正的尼姑，虽为出家人，但烧得一手好菜。梵正烧菜，除了注重味道，而且对型尤为考究，她总能根据桌边食客的不同，烹饪不同的美味佳肴，且菜菜皆景，一桌菜就是一幅立体的山水，俨然微缩景观。比如，她能把王维的《辋川图》搬上餐桌，把菜肴做成"群山、树林、楼阁、水榭、舟楫、流云"等意象，丰满大气，尤为雅观。

其实，以上两种境界，也只能说是把菜做到好看，中国审美讲求意境，更注重人文关怀，甚至有许多地方，把"悲天悯人"的情怀也加进去。翻开整部宋朝历史，许多人都认为宋太祖赵匡胤是个粗人，这个人马上打天下，很多人把他看成武夫，但是，有一件事却令人刮目相看。

据说，有一天夜里，赵匡胤批阅奏折，实在饿了，心心念念想吃一碗羊肝，却不好意思对御厨说。身边的侍从看皇帝工作到深夜，有些分神，觉得肯定有事，就请示赵匡胤，是不是有什么事要吩咐，要不要御膳房安排用膳？赵匡胤支支吾吾说："其实，我想吃一份羊肝，但是，我不允许你们做，因为，只要我一张口，从今以后，每天都将要有一只羊要丧命我口，实在是于心不忍。"

其实，这道羊肝尽管没有上桌，却耽美千年，留在世人的赞誉里。道家讲究"无为而无不为"，赵匡胤的这道羊肝尽管没有做出来，却丝毫不影响其境界之高远，这应该就是饮食中的最高境界——"颂"了。

饮食风雅颂,至味在心中。

酸梅汤之味

聪明的人，总能根据天气的不同，遴选不同的读物。譬如，数九寒冬，你应该读的就是"红泥小火炉"，而三伏天，你应该读的当然不是火锅，否则，看上两眼就额头冒汗。

仲夏，正是燠热天气，我在书房里读梁实秋的《酸梅汤和糖葫芦》，心境就格外清爽，看他对信远斋所制酸梅汤的描述，把那些文字大声读出来，真是齿颊生香——"信远斋的冰镇就高明多了。因为桶大罐小冰多，喝起来凉沁脾胃。他的酸梅汤的成功秘诀，是冰糖多、梅汁稠、水少，所以味浓而酽。入口冰凉，甜酸适度，含在嘴里如品纯醪，舍不得下咽。很少人能站在那里喝那一小碗而不再喝一碗的。"文人大多是吃货，梁实秋专门向信远斋的师傅请教酸梅汤的做法，然而始终不得要领，做出来的味道总不能和信远斋的相比。梁实秋问信远斋的萧掌柜,酸梅汤还有别的制作技巧不?萧掌柜笑着对梁先生说:"请您过来喝,别自己费事了。"

我能想到梁实秋先生趴在冰镇桶前品咂酸梅汤的场景,穿长衫的梁先生对着一杯味浓而酽的酸梅汤吃得入神,他甚至想着用酸梅汤打败舶来品"可口可乐",然而始终未能如愿。这种不能批量化生产的酸梅汤反倒愈加显出它的珍贵来。

前不久,再去乌镇。买了票,一门心思往景区深处走,两侧的小桥流水都被我忽略了,心里装着的是一杯乌镇的酸梅汤。乌镇不叫酸梅汤,而是喊它"乌梅汁",乌,是因为乌镇的缘故,取其形象识别的切合度,汁,说的是它的浓度和"零添加"。加之用颇具民国气息的杯子装起来,上面是手绘的旗袍名媛,俨然有了穿越之感。

乌镇的酸梅汤应该就是梁实秋在北京所饮的那种"味浓而酽",气味香甜,味道醇厚,老板说,他们都是煮出来的,不像别处,多用酸梅汤粉加水来冲,只有一股工业气息,饮毕,胃部会反酸。

这话我信,乌镇的大街小巷,尤其是沿河的小店里,多有兜售乌梅的商家,那些乌梅紫黑的脸膛,颗粒饱满地被码在篮子里,等待着全国各地的游客把它们带走。我多次购买过这里的乌梅,买回去,从小店捎一些冰水,洗净了,用冰水滤上两遍,再吃,异常清爽可口,是乌镇消夏的必需品。

在我的故乡皖北,消夏也喝酸梅汤,只不过是饮品店里冰镇的那种，不知道是不是乌梅煮出来的，我喜欢配一些豌豆糕来吃，味道也不错。然而，许多东西，都是初次吃过的地点最难忘，我相信您也深有体会。

一杯老茶送秋风

秋风一吹,是该清理一下茶罐了。

在这个时候,许多人喜欢换一些暖身的新茶,来抵御铺天盖地的寒气。殊不知,秋天是一年中最燥的时候,还不能吃一些较暖的美食,也不宜喝红茶。春捂秋冻,这时候,还是拿出去年或几个月前的茶根儿来,泡上一杯,在秋风里,降一降身体的些许燥气,给自己一个好脾胃,也给自己一个好脾气。

脑海里闪过一句话:"老茶似故人。"从来佳茗似佳人,佳茗老了,便是故人。故人最懂你的心,老茶最懂你的肠胃。懂你心的人什么时候我们都欢迎,懂你胃的茶我们什么时候都不拒。在漫天的秋风里,若逢风沙或雾霾,户外没法活动,不妨窝在书房里,泡上一杯老茶,翻开一本书,只看到心里一片清朗。若是偏巧是一本美食书，那就更好了。

当下，正是秋风，我手里捧着的是资深美食作家巴陵先生的《一箪食，一瓢饮，四方味好》，巴陵先生凡有闲暇，就要出行，只为尝尽华夏美食。巴陵的笔锋，也有着秋风的酣畅，所写美食又有着老茶一样的悠远，读之品之，心灵的雾霾逐渐淡开，如洗笔池里，墨汁氤氲。

有一种小类茶，叫"普洱老茶头"，普洱原本已经是陈的好，再加之老茶头，开瓶望之，如老树嶙峋，古拙森然，看起来就有些许禅意。这种茶，适宜在秋风里吃，可以清心明目，吃起来，神清气爽。

也曾见人把普洱老茶头抓上一小撮，放在冰箱里，祛除异味效果最好。这可不是今人的专利，远在北宋时期，就有人这么干过。蔡襄说："（普洱老茶头）喜清凉而恶蒸郁。喜清独而忌香臭"。明人闻龙也说："茶性淫，易于染着。区论腥秽有气之物。不得与之近。"

茶是善于"藏污纳垢"的一种东西，只不过，茶吞纳污浊，是为了还原人以净气，这种吞纳，也是一种奉献。想起少年时，父亲每每吃过了蒜，都要嚼几片茶叶在嘴里，说能够消除异味；毛泽东南征北战，没事的时候，也会干吃一些茶叶，这是他的嗜好，至于为什么，我们不知，我猜，是为了减压提神吧！

秋日品老茶，也宜观丰子恺的画，老茶清朗浩荡，丰子恺的画清风明月，两者是适宜混搭的，在灵魂上，两者香飘一脉，最宜解秋燥，也最宜消解人心的繁芜和躁动。

如此说来,老茶好似减压阀,也是一杯镇静剂了。秋来且吃,不管是秋雨绵绵,还是长风过境,一杯暖茶吃罢:寥廓的霜天、扑面的严寒——我来了!

第四辑　草木江湖

在风来的时候,人随树影婆婆荡漾。这时候,人来阅读一棵树,树展现给人以最鲜活的样子,最光鲜靓丽的表情,一颦一笑全是诗情画意。

草木有灵

一个清凉的夏日，在院子里浇花读书，接到快递公司电话，打开包裹一看，是苏州苏式生活的倡导者、著名作家叶正亭先生的《绿肥红瘦》。翻开序言，读到一则故事：

那次，我与朋友一起去周瘦鹃老先生故居小坐，看到周老小女全全培育的一盆紫罗兰郁郁葱葱、繁花点点，禁不住想起周老生前特别钟爱此花，想起他曾用秀丽的文字对它作过的精美描述，我们直夸周全的用心与孝心。她沉思良久，说，紫罗兰是他们家的家花，好多人因为喜欢，都分了根回去，但大多不成功。她说："花花草草是通人性的。"周全的话，让我咀嚼良久。

说实话，叶正亭先生的这则故事也让我思忖良久。

对于一个不养花的人来说，也许难以懂得。经常养花的人都知道，一盆盆花草，若是主人出差数日，交由别人来浇灌，也许比主人还要悉心，但花草的光鲜度却明显大不如前。好比一个人久违了恋人，为悦己者容。你若远离，我必暗淡。这样痴情，也是通灵之美。

喜欢玉石的人都知道这样一句话："人养玉三年，玉养人一辈子。"玉石尚有报恩之心，何况是活生生的草木。人养草木，草悦人眼，花悦人心。这样一种"涵养"是在潜移默化之中的。

人对草木是格外依赖的。从两个成语可以看出来——

对于风景怡人的地方，人们喜欢说成是"山清水秀"；对于贫瘠荒芜的地方，人们则说成是"不毛之地"。可见，有无草木，生气不同，人心亦有区别。

想起少年时在乡村度过的那段时光，印象如此深刻的原因，多亏了那些乡间的草木，几乎每件有意思的都和草木有关。如今，离开故乡多年，回去时，那些故园前后的草木，脉脉含情，我知道，这才是真正的"相看两不厌"。

有个词叫"乱花渐欲迷人眼"，花草的迷人处，有时候远胜于人。生活中有太多的人，看花内心绚烂，看草内心葱茏，对花草大都不挑剔，而对人却百般挑刺，睚眦必报。

花草，是无公害的。养在家里的花草，是最可托付心事的成员。人有时候会对沉默的花草倾诉，却不愿意对有回应的人吐露半个字。人对人是有戒备心的，对花草却一丝一毫也没有。

作家朱尔·乐纳尔说："人类至少可以从一株树上学到三种美德：抬头仰看天空和流云，学会伫立不动，懂得怎样一声不吭。"

是的,草木懂得守口如瓶,有时候,学会不说,远远要比说要重要。

草木最知道在什么时候开口。在风来的时候,人随树影婆娑荡漾。这时候,人来阅读一棵树,树展现给人以最鲜活的样子,最光鲜靓丽的表情,一颦一笑全是诗情画意。

其实,草木有灵,不仅表现在它的忠贞,更表现在针对不同人的心事,呈现的不同风姿。

菖蒲：草木中的"黄老邪"

菖蒲这个名字，乍一听，很有古意，甚至有些舶来品的意思。

最早知道菖蒲，是在我家院子里，连日阴雨之后，一晴方觉是盛夏，院子里的荷塘旁悠悠地长出来一棵绿芽，慢慢长高，像水仙，再长下去，又像是小一号的玉米，齐腰的时候，开出了黄色的小花，父亲说，这是一棵菖蒲，马上就要结蒲棒了。

果不其然，不几日，叶片之间窜出来两根草秆，上面包着一根火腿肠一样的包衣，后来，包衣逐渐散开，露出青色的蒲棒。闻上去，有股淡淡的香气。后来，蒲棒慢慢变黄，香气更重了，我常常想伸手去摸，父亲说："别碰，菖蒲是有毒的。"只有到了蒲棒成熟的时候，才能采摘下来，揉掉上面的毛状物，做一个枕头，整个秋天确保夜夜好梦。

我于是日日盼望蒲棒成熟。这株菖蒲越长越大，面积也逐渐蔓延开来，结了好多蒲棒，一根根像极了话筒，在收集着天地间阳光的讯息。夏末的夜里，做中医的父亲给我们讲故事，当然也有关于菖蒲的。

1937年的东北，日军侵华，天下大乱。有一位富家小姐被日军的一个大佐掠走，一同掠走囚禁的还有这位小姐的父母。大佐打算让小姐给他做妻子。这位大佐有一样怪癖，就是选妻子之前，要先看这个女人会不会做饭，做饭的口味适合不适合自己。在威逼之下，富家小姐的手艺果然不同凡响，大佐喜出望外，打算一周后拜堂成亲。

富家小姐听说要成亲，情绪出奇地稳定下来，她终日给大佐做好吃的，大佐吃过她做的饭后手舞足蹈，舞刀弄剑。这天夜里，大佐饿了，再要富家小姐给她做饭，这一餐之后，竟然把富家小姐一家人放了回去，这一家人且歌且舞地回来了。

日军大感诧异，总觉得大佐哪里不对劲，找来军医给他检查，才发现大佐已中毒数日，出现了幻觉。原来，那位富家小姐精通医术，从院子里挖出了菖蒲的根，榨出汁水，与苦瓜在一起凉调，仅仅一周，大佐的意识已完全不受自己左右。

菖蒲救了富家小姐一家人的性命，让他们脱离虎口。后来，她父母散尽地窖中的家资，支持抗战，这位小姐也加入了抗战队伍，做了军医。

菖蒲，与兰花、水仙、菊花并称花中四雅。这种花草不仅雅致，淡淡的毒性也成就了它的君子之风。它总让我想起武侠小说当中的一个人物：黄老邪。是的，表面邪性，其实，骨子里却是善良的。

菖蒲是草木中的"黄老邪"。

大青根

大青根其实就是板蓝根，是一种清热解毒的中草药，在故乡广袤的沙壤地上，曾经大片大片种植的都是。这些青绿青绿的大青根太爱在这样的环境生长了，故乡是我的乐土，也是大青根的乐土。

大青根是最儒雅的，埋在土地里的根白亮悠长，甚至连根须也很少，面容干净得像一位小生。它的叶子也很好看，修长的叶子，叶宽且油亮，人称"大青叶"，大青叶之于大青根应该是俏皮的发冠，在初夏的风里招摇，很有些婀娜的风韵。

大青根浑身上下没有一块废料。叶子与根茎都是名贵的中药材。可以说，通体是宝，没有人舍得把它的某个部分抛弃。

大青根最擅长清热解毒，平日里有个头疼发热，非典型性肺炎、手足口病等病毒肆虐时，都离不开它，曾经有相当一段时间，它的身价噌噌地向上蹿，大青根甚至有点耍大牌的意思了。当然了，我们当地种植大青根的药农们也跟着腰包逐渐鼓起来，腰杆逐渐挺直了。从此以后，对待大青根，也比其他的药材另眼相看了，多了一层宠，甚至是崇敬的"崇"。

小时候，得过黄疸肝炎，父亲就把大青根和溪黄草在一起熬煮，连服数日，即可痊愈。那时候，板蓝根冲剂还不常见，况且我也不太喜欢这种冲剂式的药，由于加入了过量的糖，甜得有些不自然。中药嘛，还是保留原味的好，什么味道就是什么味道，身体认得，病毒也害怕。不必隐形，不必乔装改扮，否则，总觉得对病毒也少了一份震慑力。

板蓝根大范围使用的时候，我曾看到许多得了重感冒的小朋友把它当茶喝，冲泡后的板蓝根呈咖啡色，许多外国人见我们这样喝，以为中国小朋友都这么喝咖啡，很不理解，其实，他们哪里晓得，这是我们宝贵的中药制剂。

故乡亳州是中华药都，曾有不少国外友人来到这里，我领着他们去看过大青根，并告诉他们，看到中国孩子喝的药就是它做的。他们啧啧称赞说，中国人真浪漫，连吃下去的中药长得都这般好看，眼波里流转着夸张的羡慕。

想起与大青根有关的诸多往事，心里洋溢的是百毒不侵的安稳与自信。

当 归

中医认为,当归最适宜女性服用,补血。

我觉得,"当归"这个词适合一切人使用,归来归来,回到故乡,就是给心灵补血。

幼时,在父亲的医书上看到当归,青绿色的叶子,瓷实而俏丽,草棵上,无端地长起来一根长长的薹,上面开着细碎的黄花,真好看。开花就要嚣张一些,何必要躲躲藏藏、遮遮掩掩?花嘛,就要绚烂,就要彻底,何必要暗自荼蘼?

我对一切草药有着独特的专执与着迷。很小的时候,在父亲的药房里闻着草药香长大,我在药橱里见到切片的当归,不规则,暗白色,闻起来有种独特的药香。

当归这种植物喜阴,常常在背阴处暗自妖娆,当归也像是人类，静下来，闲下来的时候往往会想家。

当归在凉阴里开着花，人一想家，心里就开出了一朵花。

人若是身体里缺少了血，就会昏厥，人的灵魂里缺少了故乡的温存，就会没着落。

当归是一种植物，一种药材，也是一种召唤，提示着万千在异乡打拼的人，回来吧，故乡在等你。

严歌苓的小说里，冯婉喻一直在等着陆焉识的归来，尽管所有的记忆都已模糊，但陆焉识要回来的消息被她一直记在心里，于是，无论春夏秋冬、雨雪阴晴，她都会准时从家里出发，倒换车辆，最终出现在火车站，手里举着一块写有"陆焉识"的牌子，像一面硬邦邦的旗帜。

在字典前仔细端详"当归"二字，都有一个"彐"字旁，"彐"又被称之为"扳倒的山"，那么"当"就是山上站着一个小人儿，在翘首企盼、遥望回家的人；"归"字呢，就是人遥望累了，靠着山腰休息，心里想着的还是那个离家多年的人。

《诗经》里说："曰归曰归，岁亦莫止。"盼呀盼，一年又过去了，怎个让人不心焦？

想起那些古时候戍边的战士，在家独守空房的妻子，是否也会在院子里种一株草药，名叫"当归"？

即便是草药，也医治不了人心底汹涌的思念呀！

豆　蔻

"豆蔻"这个名字,听起来就很悦人。

豆蔻花儿开得婉约,你正值妙龄,两小无猜,一门心思,何必等到期期艾艾。就此开始,你把花开在我心里,我收心为土,静静地供养着你的流年。

诗人杜牧在《樊川文集》里这样写道:"娉娉袅袅十三余,豆蔻梢头二月初。春风十里扬州路,卷上珠帘总不如。"

春风十里,不如帘子里悄然绽放的一个俏丽的佳人。

多怜人的句子。有女芳华,十三四岁,正是情窦初开的时候,世界这条河以其温婉惬意的一面流淌在我们的足底,沙滩是软的,波光是明丽的,前方的少年,在风里翩翩起舞,我且去看,侧耳去听他唱的是什么。心里也有一个漩涡,悄然地打着卷儿,泛着水花儿。

这样的女子,心是纯洁的。所有的心迹表露无遗,一心只念及邻家少年的好,手里捧着的是朦胧的诗,一切还都不敢太明朗,或许很多次言及中意的少年只在梦里,清晨醒来,他的名字还在我的嘴角有着余温。推窗望去,院子里的一朵豆蔻正开着淡黄色的小花,含蓄得很——这多美的光阴。

豆蔻,原是一种药,却偏偏用来形容十三四岁的少女,原因何在?

原来,"豆蔻"四味:一曰"白豆蔻",一曰"草豆蔻",一曰"红豆蔻",一曰"肉豆蔻"。

好比一母四胎,四朵姐妹花,也像极了现如今娱乐圈里的一个组合。

白豆蔻以"温化"见长,能够散风祛湿,止呕开胃。

草豆蔻以"温燥"见长,能够治疗胸脘满闷,腹泻腹痛。

红豆蔻以"温涩"见长,能够治疗脘腹冷痛,酒后呕吐。

肉豆蔻以"温中"见长,能够行气通肠,涩肠止泻。

这又好比四姐妹各持一样乐器,吹拉弹唱,生命的机体就此和谐饱满。

豆蔻药虽好,也不宜多服,《本草纲目》言"故食料必用,与之相宜。然过多亦能助脾热,伤肺损目"。

岁月深处,总有一个人牵扯着我们的思念,总有一朵花让我们怀远。

《蝶恋花·豆蔻梢头春色浅》里有这样可人的句子:"豆蔻

梢头春色浅。新试纱衣，拂袖东风软。红日三竿帘幕卷。画楼影里双飞燕。 拢鬓步摇青玉碾。缺样花枝，叶叶蜂儿颤。独倚阑干凝望远。一川烟草平如剪。"

豆蔻花开的时候，适合凭栏远望，人总是逃不过寂寞的纠缠，当我孤身一人，窗外的那一川烟草也长得缓慢，蜂蝶成双，我自影单，园子里种上一株豆蔻，只因我贪恋这流年。

贩卖一段绿

春天的乡下老宅,院子里青草如树,檐下的老砖上苔藓恣肆,房子闲得久了,野草和青苔就开始忙碌了。

院子里,墙体早已开始剥落,我每次回家,都要去锄草,用镰刀和镢头,砍断硕大的灰灰菜。这种草,嫩的时候,可以拌面蒸着吃,长老了,有大拇指粗,很难拔掉,只有用镢头刨。一院子野草拾掇下来,裤管上溅的全是青草汁,异常难洗。

我有时候想,这些草汁也是在寻仇,我杀戮了它的草子草孙,它以绿色的血液来报复我。但是,这原本就是我的家呀,只不过很少回来,被"鸠占鹊巢"了。看来,一座房子,谁住得久了,就是谁的家了。

人有乡愁,走得远了,会想家,且懂得叶落归根,年迈时都要回到故土，让身体在故乡的土地里安眠。而草没有乡愁，它们从出生开始，就没有离开过自己的故乡，在自己的脚跟下的土地里生根发芽，繁衍子嗣，一辈子，壮大的是一片草丛，终其一生，贩卖一段绿。

苔藓呢，这种小东西通常一夜之间就蔓延整个墙根。通常，它们还会在我脚下的老砖头上跟我使绊子，我在锄草的时候，一不小心滑倒，一屁股坐在地上，弄得满身是泥污，一旁的女儿哈哈大笑说，爸爸真笨。

是的，在女儿面前，我有时候会故意装笨。这样做，是为了让她觉得她已经长大了，马上会逐步超越父亲，给孩子培养一些自豪感。

我整理好院子里的野草，吱呀——推开老屋的门。霍——原来，屋内不知道什么时候窜出来一棵小泡桐树苗，青嫩嫩的，恰如豆蔻。老屋并没有用水泥抹地，院子里的泡桐树也许太溺爱它的子女了，唯恐它遭受风吹雨打，看老屋闲着也是闲着，索性把它送到了屋内来。

我看了一眼屋内的泡桐树苗，黄蔫蔫的，得不到阳光雨露的恩泽，也得不到母爱，它一定是孤寂了。我把它移栽到院子里的阳光下，与它的"父母兄弟"团聚，整个院子就有了生机，树木也在享受它的天伦之乐了。兴许隔几日再看，先前那个黄蔫蔫的树苗已经转绿了，这样一种繁衍，也是一种基因的"贩卖"。

院子收拾得差不多的时候，突然在院子一角发现了一根葡萄藤，顺藤找它的所在，看到是从邻居家的院子里长过来的。硕大的葡萄，一个个足有小小乒乓球那么大，一串串压枝欲坠。女儿看到葡萄，大声指给我看："爸爸，爸爸，看，紫霞仙子！"

女儿总是喜欢把葡萄说成紫霞仙子，我把这些葡萄摘下来，放在小盆里，满满当当，我让女儿给邻居家送去。哪知道，刚刚送过去，就被送过来了，邻居马叔说，这根葡萄藤是他故意甩到我家院子里的，怕的是院子常年不住人，没有生机，只为增添一番绿意。

那些葡萄，马叔说什么也不要，说，给孩子吃吧。我把那些葡萄洗净了，搬了条小凳子坐在院子里，看着满目葱茏的绿，女儿说："爸爸，我们回来住吧。"妻笑着说："看这孩子，尽管没在这里出生，也喜欢这里，真是难能可贵的地缘呀！"

是的，从某种意义上说，女儿也应该是从这片土地上走出去的"小泡桐树苗"。

香花子

香花子的花并不突出,也很迟来,人们给它取了这样一个名字,估计是全占了香的优势。

香花子绿中带着淡淡的黄,散发着有一种荆芥的味道,夏天来的时候,蚊虫都绕着它飞走,不敢靠近。它有很好的驱虫效果,印象中,小时候,被蚊虫叮咬了,母亲总会从院子里掐三两片香花子的叶子来,揉搓出汁水,擦在被叮咬处,不多时,止痒消肿,毒也给解了。

由于香花子的用途,至今皖北一带,许多人家都闲下来一个花盆,用来栽种香花子,一可闻香,二可驱虫,大有裨益。

香花子的学名叫"罗勒",也是一种中药材。能够解毒消郁、行气活血。为什么"罗勒"被修改成"香花子"呢?

《嘉祐本草》里这样记载："罗勒,按《邺中记》云,石虎讳言勒,改罗勒为香菜。此有三种:一种堪作生菜;一种叶大,二十步内闻香;一种似紫苏叶。"其实,就是不避讳,还是叫做"香花子"好,亲民无间,在寻常百姓家,都很喜欢这种植物,不用吩咐,各家各户都会栽种。我一直觉得,不用吩咐自觉去做的事情,一般是因为该事物有魅力,否则,不会激发人如此强烈的自觉性。

其实,香花子的用途何止是药用,食用也挺好。小时候,常常见母亲做鱼的时候,也掐下一把香花子的叶子放进锅里,鱼腥除去了,且有一种淡淡的香味,让人大快朵颐。

有一段时间,我工作很不开心,回老家小住的时候,母亲在我屋里放了一盆香花子。一开始,我不解其意,后来,母亲看我仍是郁结在胸,一边给那盆香花子浇水,一边开导我说,你看这盆香花子的生命力很强,任人掐摘,随后不几天又能发出新的茎叶来。你一个男子汉,怎么还不如一株柔弱的植物,一点儿委屈就让你心灰意冷了?母亲浇水之后,随即把香花子的头掐了下来,第二天一早,我竟然发现,在被掐掉的茎秆上,已发出两三个枝杈,命运给它当头一击,它懂得绕道走,且生得更加绚烂茁壮。看到香花子,我顿时释然,吃过早饭,收拾东西又回到了工作岗位上。

一棵香花子,原来还可以这么励志。真没想到。此后的相当一段时间,我给自己取了个网名:香花子。砥砺心智,心态逐渐平和了,生活的风霜都是均衡的,不存在偏颇和特意虐待谁,做一棵香花子,纤柔中透着顽强,这样多好!

春天的椿

在春天，有两样植株最讨人喜欢：一曰"桃"，一曰"椿"。桃花好看，胭脂水粉，春天的媚全靠它；香椿好吃，紫气枝头，春日的美味离不开它的掺和。

遥想故乡谯城的春天，村溪把一座座村庄分割得像一整块龟背，这时候，若能从高处俯瞰整座皖北平原，一定会有紫红的一片片烟霞闯入你的视野，没错，那就是站在故乡树梢上的香椿。

乡村，香椿。两样事物有着如此契合的名字，一株株香椿在春天里胀满了紫红的脸膛，它的满腹心事谁人解？

远在汉代，故乡人曹操最了然。他在一次返乡时，饥饿难耐，忽遇涡河岸边一座农舍，炊烟袅袅，新蒸的米，白亮亮地端上了桌，一盆凉拌的香椿，淋上了麻油，被一位村姑端在手里，往院子里走。曹操转瞬被这盆香椿给吸引了,那一日,曹操成了这户人家的座上宾,米饭足足吃了三碗,香椿足足吃了半盆,米饭的白,香椿的紫,令人大快朵颐。后来,曹操还把故乡的香椿作为贡品,送给了汉献帝,自此开始,香椿就成了贡品。

香椿之美,征服的何止曹操和汉献帝?到了唐时,每逢谷雨前后,就有快马从亳州出发,驮着一捆香椿,一路飞驰,送往长安。这不得不让人想起那个为"一骑红尘"而笑的妃子,只不过,这一次不是荔枝,而是香椿。

香椿,多像是皖地女子的名字。俏皮中又透着朴实,雍容中又蕴含典雅,天生的胭脂妆,不用雕琢的好姿色,春天一来,"香椿"心事满满,把一腔紫犹如一团火焰般烧在故乡的树梢,撩拨了多少人的目光,也弥漫了多少人的味蕾,更让远在他乡的游子每每念及它,都有一股"香椿"味的乡愁鼓噪心间。

有人说,皖北的乡村,最美时在谷雨前后,因为,这个时节,恰是香椿最嫩时。到田畈之间、溪边、村口采摘回来,可以凉拌,与嫩豆腐在一起,一团雪白,上面是香椿苗,淋上麻油、米醋,吃起来,爽口,香甜,有一种别样的香,这香味,只属于香椿。

也可以与鸡蛋在一起炒,味道也特别好。香椿苗切成细碎的一段段,鸡蛋五六只,打碎后,与香椿苗和在一起,烧热炒锅,倒入麻油,油热后,把香椿鸡蛋倒入锅中,翻炒几下,就可以出盘了。焦黄的鸡蛋,碧绿的香椿,相得益彰,可眼,可鼻,可口。

小时候，远嫁他乡的姑妈，每次春天回娘家，都要带回去半篮子香椿，那半篮子香椿，凝结了婆家人的所有目光，也成了表弟表妹们垂涎欲滴的期盼。回家后，姑妈把香椿腌在坛子里，能吃大半年，每一次吃，从坛子里捞出来，都有令人难以抵制的香。后来，表弟曾告诉我说，他总觉得，母亲的坛子里似乎装了一个春天。

在春天，有香椿。"香椿"这个名字，似乎是专门为一个季节而香的。就像是一位形容俏丽的女子，专为悦己者而容。眼下，又到了香椿飘香的季节，我虽远在他乡，隔着千里万里，我似乎仍能嗅到来自故乡村口的香椿之芬芳，仍能望见一只纤纤玉手把香椿采下来装扮那春天的餐桌的情景。

好麻不怕沤

在皖北乡下,老辈人在教训小孩子要吃苦时,都会说这样一句话:"好麻不怕沤!"

"沤"这个字,恐怕没有乡村生活经历的人很难理解。譬如,把水和秸秆一同放到田里,长时间浸泡发酵,叫"沤田",其实,沤的过程,也就是制作草木肥的过程。把成捆的麻秆系好,放到乡间的沟渠里去沤,谓之"沤麻"。

麻是旧时乡间较为常见的一种作物。细长的麻秆,葱绿的叶子,匀称地长在乡间的沟渠之畔,在初夏的阳光里,尽显葱绿,远远地望上去,一排排青碧的麻,煞是惹人喜欢。

我总觉得,麻就好像是乡间长大的人。麻到了成年,秆上逐渐出现了粗糙的纹路，就好比一个人到了中年，额头上逐渐生了沟壑。皱纹之于人是成熟和阅历的象征，越年长，皱纹越多，资历越老，越受人尊重；麻身上的纹路，代表着麻的韧皮纤维，越粗糙也就越成熟。纹路的多少，往往决定了一株麻是否称职。

人在老迈之后，生命就会终结，死亡之后，往往要讲究"入土为安"。麻又何尝不是如此，麻老了，会被人用镰刀割下来，去掉叶子，用一根稍细一些的麻条子扎成捆，埋到乡间沟渠的淤泥里去沤。沤过了十天左右，麻皮与麻秆脱离，被扒下肉身，丝丝缕缕地被揭下来，再用清水滤一遍。沤麻，对于麻来说，是换得它生命涅槃的一场修道。

而麻与人又有着千丝万缕的关系。旧时的乡间没有尼龙绳，麻绳就是最常用的捆绑工具，除了用来捆绑，麻的用途还很多。譬如，被变成麻鞋，在皖北地区，称之为"龙窝"，乡人多会自我娱乐呀！如此粗糙磨脚的麻鞋，却取了这样高端大气上档次的名字；再譬如，在中国人的传统里，长辈亡故，需要披麻戴孝，也离不开麻。

当然了，除此之外，麻和喜庆的事物也有诸多联系。《诗经》中讲："丘中有麻，彼留子嗟。彼留子嗟，将其来施施。"古时候，年轻人竟然是在麻田里来约会的，葱碧的麻叶，粗糙的麻秆，留下了古时候年轻人的多少卿卿我我和甜言蜜语。

在故乡亳州的乡间，往往一位少年的成长也伴着一株麻的成长。麻长歪了，要被农人割下来，孩子们稍有挫折就打退堂鼓，就要被长辈拉到一块麻田里训诫，你要学做一棵麻，好麻不怕沤,不光沤不烂,而且越沤越有价值。被训诫的孩子们,点头如雨,似那风里起伏的麻。

在我童年的印象中,有多少麻,就有多少顽皮的少年,他们都是摔不烂的破毡帽,以麻为图腾,在乡间倔强地生长。犹记得旧时乡间,每到夏末,就有许多少年,拿着被扒了皮的麻秆,在黄昏的风里追逐嬉戏。当然,他们也把心底的秘密用铅笔写到光滑的麻秆上,埋到屋后的园子里,据说这样做,就能梦想成真。

晚饭花

我先前一直不知道晚饭花为何物?只从汪曾祺的小说里读到,说它是"野茉莉",多在黄昏开花,尤其是晚饭时候开得最烈。

野茉莉这个名字我很喜欢,性感,且生命力顽强,什么时候才能见到野茉莉呢?

后来,见了图谱才知道,原来一直和晚饭花生活在一起。

旧时,那些皖北乡间最普通的植物,在田间地头、林下溪渠野蛮生长,从不在乎肥料,也不挑选土壤,种子落到哪里,就在哪里生根发芽。晚饭花就是这样一种,只不过在我的故乡亳州,晚饭花一直被称之为"天麻"。

天麻是何其名贵的中药材?怎能混为一谈?深究其原因,老辈人说，旧时的乡间见不得时髦的名字，譬如，给自己孩子取名字，也常常唤作"狗剩儿"、"尿罐儿"，总之，什么腌臜，什么名字贱，就取什么。

乡下人把植物和谷物也看成是自己的孩子，因此，对于植物的爱，致使他们要给予它们一个"好养"的贱名字，他们是希冀那些植物像自己的孩子一样茁壮成长。

还有一层原因，皖北人这么喜爱晚饭花，无非是这些花儿们长得太娇美了。玫红的喇叭状花朵，色彩娇艳欲滴，看上去就给人一种想要怜香惜玉的感觉。青绿的花树，像是一把把老者用过的拐杖，很有岁月感，旁逸斜出的枝枝叶叶清一色地泛着绿，托举着这些玫红色的花朵，众星捧月一般，煞是神圣。

武侠小说中，常常看到吃花的女子，烟火绝尘，貌若天仙。乡下生长的女孩子也一样爱美，她们不会吃花，却懂得把晚饭花采下来几多，在指尖揉捏几下，一股带着油脂样的嫣红溢出来，女孩子们把这些颜色涂抹在指尖上，那应该是世界上最早的"指甲油"。

我还曾见过手巧的女孩子，把晚饭花夹在崭新的笔记本中间，放到书架上，第二天取出来，笔记本的两页上已经留下了清晰可见的两朵晚饭花印记，那是晚饭花的魂。

不仅女孩子喜欢晚饭花，男孩子也喜欢。只不过，女孩子喜欢晚饭花的花朵，男孩子喜欢它的果实。晚饭花谢了之后，花苞旁会结满一颗颗比黄豆稍小一些的颗粒，先开始还是青色，后来逐渐变成墨色。男孩子们搜集这些种子之后，到后园里砍下一棵拇指粗细的竹竿，取下一截，然后把晚饭花籽含在嘴里，突突突，晚饭花籽被机关枪一样的竹管发射出来，那是乡间最早的"枪支"，也是游戏里最棒的"火力"。

故乡是药都，常常也见到有邻人大片地种植晚饭花，只不过他们不是观赏，而是取晚饭花的根茎做药，我也见过晚饭花的根茎，外面是黑毛猪一样的皮，据说，可以治吐血。这点，在吴其浚的《植物名实图考》里有记载：

野茉莉，处处有之，极易繁衍。高二三尺，枝叶披纷，肥者可荫五六尺。花如茉莉而长大，其色多种易变。子如豆，深黑有细纹，中有瓤，白色，可作粉，故又名粉豆花。曝干作蔬，与马兰头相类。根大者如拳，黑硬，俚医以治吐血。

我曾见过一位唱了一辈子花旦的戏曲家，她非常喜欢晚饭花，她说，每一朵晚饭花都是一位旧社会里受了苦难的女子，今生今世，化作一朵嫣红，来铺陈它们的冤屈。

我曾见过一位生活在皖北的上海阿婆，她是留下来的知青，她在院子里只种植晚饭花，她说，她下放到皖北乡间的时候，有位帅小伙就送过她一棵晚饭花，他们最终没有走到一起，那位帅小伙为了救下一个孩子，被一头疯牛给撞了，只留下地上的一摊血迹，像极了晚饭花的颜色……

冬天，读一本和植物有关的书

读书，也是有季节性的。草木凋敝的冬日，需要读一本和植物相关的书。缺什么，补什么，冬日缺少绿色，阅读可以补充我们意蕴里的深林。

作家许冬林写过一本书叫《植草香里素心人》，书中，极尽"一个人和一种花草"的万般情愫，从日常的杏花到俏皮一些的栀子花，从高雅一些的幽竹到颇具烟火气息的扁豆花，花色不随旧人同，在繁花盛放的光景里，在绿植葳蕤的心境里，植物总在左右着人的心思，它们也像调料一样，为生活增添了滋味。

天气预报说，这两日又要降温，推门出去，一片萧瑟，傍晚时分，天地间淡淡地起了一层雾，在这样的天气里，推掉了一切应酬，让自己少一些酒臭，多一些书香，是对身体和心灵两相裨益的事情。

我曾有这样一位邻居阿姨，已经年逾古稀，每到冬天来的时候，他都会找出一本《本草纲目》来读，她不通药理，但每次都会对植物图谱看到入迷。她有一句话让我记忆深刻，她说："眼睛也需要养，冬日绿色变得稀罕起来，室内再缺少暖气，绿植也不能养，索性看一看植物图谱，让书卷里的绿色延展到我们心头，这样，总感觉春天就要来了。"她虽然年事已高，岁月似乎在她的面容上忽略了一些东西，她微微泛起细纹的额头上，时时都可看见洋溢的春色。

我还认识一位生活得很精致的朋友，他有这样一套奇怪的逻辑：离家两日可养鸟，离家三日可养犬，离家多日须养花。理由是：家，终归要有一件事物来看的，鸟可活声，犬可看家，花可养氛。试想一下，这话极有道理，若是缺少这些小东西，出差或旅游回来，家中除了蒙尘的家具，剩下的就只有寂寞；而有了这些东西，推开门的瞬间，有鸟声啁啾，有犬在摇尾，有花草在幽幽地吐着香，恣意地绿着，透着亲昵，讨人欢喜。

植草香里素心人，我们在庸常的生活中被植物包围，也被植物"保卫"，我们是植物清香气息里最芬芳的一朵，最恬淡的一朵，最安逸的一朵，最具禅意的一朵。红尘固然喧闹，我们在浓浓的植物道场里，安宁自守；俗世固然喧嚣，我们在浓浓的植物道场里衣食清欢，在庸碌的浮生里，做一个素心人。

如此，多好！

的确，一个人终日和化妆品厮混，就会变得日渐妖娆；而一个人与花草为邻，就变得不落俗套。花花草草里所藏着的人生菩提，在一瓣花、一片叶、一枚果里灵光乍现，大彻大悟。

与花草相伴，我们急不得。有句话叫做"人闲草木香"，闲下来种一些花，侍弄几盆绿萝，养一些闲趣，生活岂不就是自己讨好自己，也花心思讨好一下别人，这样，我们就能变得像植物一样，多一些无功利性的情怀。

草木染

见过许多台湾文创产品,见识了许多天然草木染色的衣装、镜罩、箱包等礼品;也去过乌镇的染布工坊,木架之上垂下来的或白、或红、或蓝的布匹,如油画,质感粗粝,却给人一种扑面而来的亲近感。这些"草木染"的小东西,总能一下子攫住你的心,让人爱不释手,欲罢不能。

草木染,这种来自中国远古的手工制作方法,就是把植物们的汁液熬制、提取,然后用在纺织品上着色,亲和力十足,返璞归真,染制的衣物不褪色,历久弥新,大受人们追捧。其实,草木染由来已久,许多古代典籍中都有关于它的记载。《诗.小雅.采蓝》中有"终朝采蓝"的字句,这应该是中国最早采集蓝草制作蓝靛的方法了。《荀子·劝学篇》:"青,取之于蓝而胜于蓝。"说的也恰恰是这种古老的手工技艺。

草木染的制作对象一般是粗布，或棉或麻，它们也是草木，与染色的原料毫无"违和感"，有一种天下植物是一家的"家族向心力"，所以，才生不离死不弃，当然不易褪色了。

大自然的花花草草色彩斑斓，取之不尽，用之不竭，要什么样的颜色没有？古人虽无现在的化学元素，却能充分利用自己的智慧发现生活的诸多美妙，他们用茜草、红花、苏木等提炼红色；用郁金、荩草、栀子、姜金和槐米等提炼黄色；用皂斗和乌桕等制作黑色，而且还总结出了一套独特的染色方法，供后人使用。

比如明人宋应星所著的《天工开物》"彰施第三"对草木染色工艺法记载很详尽：

大红色（其质红花饼一味，用乌梅水煎出。又用碱水澄数次，或稻稿灰代碱，功用亦同。澄得多次，色则鲜甚。染房讨便宜者，先染芦木打脚。凡红花最忌沉、麝，袍服与衣香共收，旬月之间其色即毁。凡红花染帛之后，若欲退转，但浸湿所染帛，以碱水、稻灰水滴上数十点，其红一毫收转，仍还原质。所收之水藏于绿豆粉内，放出染红，半滴不耗。染家以为秘诀，不以告人。）……金黄色（芦木煎水染，复用麻稿灰淋，碱水漂。）……玄色（靛水染深青，芦木、杨梅皮等分煎水盖。又一法，将蓝芽叶水浸，然后下青矾、五倍子同浸，令布帛易朽）……

如此种种，不一而足。

越是传统的，就越是时髦的，近年来，复古风潮遍及全球，

"草木染"重回大众视野,最值得称赞的是竟然有一位名叫金成禧的韩国人,在中国学习古法印染二十载,出版了自己的专著《染作江南春水色》,赞叹之余,又引起国人的别样反思。当下,许多人还不惜翻出了《南村辍耕录》《水经注》《天工开物》《天水冰山录》《雪宦绣谱》等典籍,整理出染色方法近千种,洋洋大观。

草木染,一个"染"字,颇有中国泼墨山水画的意思,很有中国意境,也很具中国情怀。草木染的"东山再起"是一个时代的怀旧,当然了,这也与人类反省并重新拥抱大自然不无关系。毕竟,天地之间最性感的色彩,还是斑斓的大自然,最恒久的创意,还是大自然的鬼斧神工。

豌豆相伴消永夏

"赤日炎炎似火烧",若要你对一句下联,你会接什么?

我会说,"冰镇爽凉豌豆糕"。

在故乡谯城,每到夏秋两季,大街小巷最好卖的是什么?答案也一定会是"豌豆糕"。

豌豆这种东西,个头小小,却粒粒饱满,滚圆得像邻居家胖小子。它是所有粮食中最饱满的一种,也是最具粮食香氛的一种。旧日里,皖北乡间,每每有布谷鸟的叫声"阿公阿婆,割麦插禾",豌豆就要熟了,布谷,在谯城,还有一个颇具食物性的名字——"豌豆饱鼓"。这个名字和布谷鸟的叫声十分接近,布谷鸟声入耳,豌豆就可以下锅了。

豌豆在中国的种植历史要追溯到汉朝,豌豆不是土生土长的中华食族,因为来自异域,《尔雅》中称他为"戎菽豆",这个名字我不喜欢,总给人一种酸涩感,哪像豌豆本来的味道?

到了三国时期,曹丕曾在自己的诗作《善哉行》中写到"上山采薇,薄暮苦饥"。薇,其实就是豌豆苗,那时候行军打仗多辛苦,劳顿杀伐,人很快就饿了,这时候,要事先采摘一些豌豆苗带着,以备不时之需。我想,用那时候的豌豆熬一碗野菜粥,就成了战士们一天最幸福的时刻。

是的,有豌豆苗吃,苦也是甜的。

豌豆甜,刚刚成熟的豌豆更甜,这时候,把豌豆直接放到锅里加水来煮,水滚三巡,扑鼻清香,拿起一只豆荚,放在口中,牙关微闭,从豆荚尾部一拽,一粒粒滚圆的豌豆都呈现在舌尖上了,这种简单且颇有调皮意味的吃法,在皖北深入人心。

当然,如果你想吃得高端大气上档次一些,我就推荐你吃豌豆糕了。

在盛夏、初秋时节,皖北人的餐桌上最讨巧的一道菜就是豌豆糕。豌豆糕的做法十分简单,全国各地都有。但故乡谯城的做法与众不同。且听在下为你一一讲来。

成年的豌豆,脱壳去皮,在石磨上磨成豆瓣儿,然后,再经由一遍小磨磨成粉就算工序完成过半。把豌豆粉加上少许食用碱,在沸水中煮成豌豆糊,加入糖和桂花少许,再沸一滚儿,将豌豆糊儿盛出来冷却,趁着这个当口,用高压锅把红豆煮成赤豆糊。赤豆糊也照例盛出来放凉后,把原来冷却的豌豆糊放到赤豆糊上面,放在冰箱里冻一下,一个时辰左右,豌豆糕就可以新鲜出炉了。这时候把豌豆糕切成方块、菱形等,码在盘子里,清香爽口,沙愣愣,甜蜜中带着一股桂花香,吃起来,是当之无愧的齿颊生香,是消夏的必备品。

明代养生学家高濂在《遵生八笺》里称豌豆为"寒豆"。足见豌豆是凉性,最宜在夏天和燥热的初秋食用。豌豆糕不仅可以下火,还能益脾胃,解热祛毒、利尿。在早些年的农村乡间,有很有见地的产婆治产妇乳汁不下,就吃豌豆糕,或用豌豆来煮粥,效果立竿见影。

小小豌豆,承载着太多甜蜜的过往,也承载着不少清爽。是的,在孩提时,故乡的玩伴们把豌豆称之为"冰炸弹",足见,它是盛夏里不可多得的"舌尖福利"。

泥娃娃与阴天晴天草

犹记得小时候故乡大地上一种叫做"阴天晴天草"的植物。

三棱的草秆,两个小朋友一人牵着一端,用指甲掐条缝同时开始撕,撕到中间,若是呈现"口"字形,就预示着第二天是晴天;若是撕成了"工"字形,就意味着第二天是阴天。

这种判断阴天晴天的办法太过孩子气,全凭偶然,甚至带着些许巫气在里面,当然,这种判断方法并不准确,要不,乡间人家的院子里应该都有一两棵这样的草才对,可事实并非如此。

我们小时候却对这种草深信不疑。甚至还会把自己撕开的草样子给自己的父母看,警告他们第二天别耽误耕种或收割,大人们当然知道这只是小孩子们打发无聊的游戏,多数是一笑了之。

民以食为天,父母也有挠头的时候,若是刚刚收割下来的麦子放在了场内,或是熟透了的麦子在麦秸上摇摇欲坠,这时候最怕一场风雨。大人们在担心之余,也会随手从路边拽起一棵阴天晴天草,一看究竟,这棵小草也只能缓解他们一时的心焦,草秆撕开,谜底揭晓之后,担心仍然不减。

也有久旱盼甘霖的时候,这时候,大人们则鼓动我们去玩泥娃娃。

用溪水和泥捏成一个倒扣的小盆状,使劲摔下,盆底炸开,露出一个大大的圆孔,泥巴被摔出"啪"的一声响,很是脆亮。这是我们小时候的游戏,在午收时节,大人们最怕我们玩这个,认为这和蚂蚁搬家一样,是"作阴天"。一遇到旱天,大人们又巴望着孩子在院子里玩泥娃娃,期盼着能用一两个泥娃娃"作"来一场甘霖。

在农村长大的孩子,即便是玩起游戏来,也和农事脱不开干系。好在从我们的父辈们开始,故乡的一草一木总能被变着法儿玩出趣味来,现在想想这些游戏,仍禁不住哑然失笑。

第五辑　听，生灵在歌唱

许多在乡间长大的孩子，都曾在蝉声的海洋里冲过浪，也曾枕着蝉声酣眠，做着奇妙的梦，在心里播撒下坚强的种子，一如蝉唱，经过蛰伏，才能一飞冲天，一鸣惊人，美好而嘹亮。

乡村唱诗班

一座乡村的热闹,由蝉唱开始。

雄鸡一唱天下白,蝉一唱夏天就来了。

母亲开始撤下清明时用柳条穿在一起的烧饼,把开水放凉,烧饼早已硬脆无比,放在里面,有吱吱的喝水声。

夏天刚到,寥寥几声蝉鸣,乡村里的百鸟立马有了魂魄。布谷声声,割麦插禾,黄鹂在柳浪里发出饱满的鸣叫,最早从土里爬出来的蝉消极怠工,有一搭没一搭地唱着,毕竟天还不是太热,它们在自己练嗓子。

老者在树荫里听着京剧《贵妃醉酒》,养嗓子,蝉也在树梢唱着只有自己才听得懂的歌。

这个时节,牛羊都懒得可以,暑气还没有真正在乡村铺展开来，大多数的动物都还显得筋骨疲乏，人也是，通常都懒得走动，嗜睡，醒来，额头汗津津的，耳边隐隐飘过蝉的声响，有顽皮的少年开始烫了面，去粘知了。

乡间有这样一种说法，谁粘的知了最多，谁长大以后，读书最聪明。这是来自乡村深处的古老逻辑，鬼才知道有没有道理。

初夏的乡间，蝉一扯开嗓子，我就想起赵少昂的《竹蝉》。这位被徐悲鸿誉为中国画蝉第一人的画家，选择竹子做蝉的附着物，先画青碧竹子三两株，蝉用浓墨抹出来，十分清高奇崛，三笔两笔皆成意趣。

也见有人画中国娃娃捉蝉图，娃娃留着"茶壶盖"头，蝉刚从土里爬出来，还是蝉蛹，这让我想起小时候，每每夜幕拉开，我们便举了蜡烛去捉这些蝉蛹，回家用清水洗净，放在锅里干煸，现在，餐馆里还有这种美食，名为"金蝉"，多在北方，南方人细腻，不敢碰这些看起来十分生猛的东西，其实，味道香着呢！

夏天逐渐走向深处的时候，蝉声如雨，纷纷扬扬地播撒在乡间的每一寸土地上，也播撒在农人的耳孔里。

蝉唱也有方阵，此起彼伏，一声高过一声，整个乡村都是声音的海洋。

许多在乡间长大的孩子，都曾在蝉声的海洋里冲过浪，也曾枕着蝉声酣眠，做着奇妙的梦，在心里播撒下坚强的种子，一如蝉唱，经过蛰伏，才能一飞冲天，一鸣惊人，美好而嘹亮。

谁说乡村没有圣经，不信你听听，蝉鸣声声，它们是最好的乡村唱诗班。

烟霾满天想起牛

麦收时节，附近的多个乡村却洋溢着一种荒唐的气氛。

从镇子到村子，从镇长到村长，都把办公地点挪到了麦田里，用塑料布或者茅草在野地里搭上庵棚，就此住在了麦田深处。白天到处巡逻，夜晚也不敢睡，双眼皮、单眼皮、肉眼泡，都把眼睛瞪得大大的，看到哪里有着火点，第一时间赶过去，扑火抓人。

已经连续有几年了，农人们喜欢在午收以后，一把火把自家地里的麦茬给燎了。伤及土地不说，有时候还让邻居家还没有收割的麦子遭了殃，即便邻居家的麦子也收割殆尽，大气环境也给污染得厉害。

焚烧麦茬的地区，不管是乡村还是城市，走在户外，呛得人喘不过气来，哮喘病多有发作，浓重的烟霾将人眼睛也呛得发酸流泪。喜欢晨练的，已经不能出门；早间做农活的，甫到地头不久，就早早地收工回家；高速上车辆保持龟速，就连机场里也有多趟航班延误……整个世界都在被烟霾困扰。

为了拯救环境，也为了维护人的身体健康，许多地方下了一条相似的禁令：哪个村子、镇子出现一处秸秆焚烧的着火点，相关领导均要受到相应处分。

麦收时节，原本欢天喜地，此刻却紧张万分。这样的天气里，让我想起一种动物——牛。

牛在乡村大量饲养的时候，麦秸是宝贝，谁也舍不得扔，更不会轻易把它们付之一炬。午收完毕，早早地就搭了草垛，夏天，配合青草食用，秋冬两季，全仰仗了这些麦秸。那时候，自家麦秸垛若是被哪家的顽皮小子点着了，找不到谁干的，村妇们都顺着村子骂上半个月仍余恨未了。

突然有一天，耕牛被铁牛（拖拉机）取代的时候，牛不再由农户散养，而是走进了养殖场。耕牛变成了肉牛，麦秸被饲料取代，麦秸被打入了"冷宫"。

打入冷宫的麦秸心里装着一团火，这时候，被一根烟头、一根火柴一点，风趁火势，大面积地蔓延开来。土地在喘息，在呻吟，天空在咳嗽，行人在咒骂。美好的空气里，陡然间多了一层愤懑。

麦秸，作为供给麦子营养的一种渠道，使命完成之后，瞬间被推入火海，由"功臣"变成了"罪魁祸首"，如此身份的转变，冰火两重天，一般人肯定受不了。麦秸自己也无力回天。

想起童年时的麦秸垛，它们带着童话般的意境，丰满地立在乡村的版图上，是乡村的名片。那些袅袅的炊烟里，也有它的影子在。小时候，我最喜欢在牛棚下看牛吃草，牛用长长的舌头把麦秸裹进嘴里，"咕嚓咕嚓"吃得津津有味。坚硬的麦秸，在牛的嘴里轻易就被嚼烂，或者说，是麦秸对牛特别服软，浪漫点想象，它们原本就是一对恋人，一个愿给，一个愿受，一切都在自然而然之间。

黄牛的影子逐渐淡出乡村的时候，烟霾满天，那是寂寥的麦秸心里起了火。这样的一把野火，烧毁的不仅是地表的秸秆，还有更多的是许多人的乡愁。

与人同乡的动物

我常常想,人的故乡和动物的故乡,有时候是一个故乡。

人在一个固定的区域生活,在同一个区域里也生活着一群动物,他们与人相交甚密,有时候还会同出一个屋檐下,人的生活它们知道,人的秘密它们明白,人的每一个举动它们都看着。

天空中突然飞来一片云,人看见了,院子里的牛也看到了,谁能说人就比牛更懂得云的悠闲?院子一角不知道什么时候长起来一棵小树苗,也许人还没有芦花鸡知道得早,这棵小树苗的种子,说不定还是去年芦花鸡在野地里啄食,没有消化,拉出来的呢!村庄上刮来一阵风,还没有拂及人的脸颊,树丛里的黄鹂就先知道了,它们在树丛里鸣唱着,最先享受这样一缕柔风。

人在厨房里烧着饭,用剩下的刷锅水或菜汤煮上一煮,和上饲料，就给猪圈里的猪崽儿们吃了。至今还记得村里有个老王头，向来生活节俭，在用剩下的面条汤给猪拌食的时候，突然发现麦麸里还躺着一根面条，赶忙挑出来，嘶溜一下吸进嘴里。老王头牙齿早就掉光了，但他吸食猪盆里那根面条的时候，嘴努得老远，力道不亚于某年的飓风。

早些年，牲口稀罕得很，农忙时节，人吃不饱肚皮也要给牛马吃好，人把舍不得吃的杂面儿撒进牛槽里，给牛添一把草料，目的无非是让牛拉犁铧的时候更卖力一些。牲口也会跟人争嘴，人还这么心甘情愿，你想不到吧？

人有的乡愁，动物也有。最明显的要数家犬了。一个人搬家了，带走了他的爱犬。身处异乡，在一个安静的雨天，人会想起故土的点点滴滴，家犬会想起老旧的院落，某个黄昏，与它相恋的另一条母犬，还有旧屋后土堆上它们一起散步的光景。

人与人同甘苦共患难，人与动物也在同舟共济。家境好的时候，人的肚皮溜圆，家猫的肚子也吃得滚圆。家道中落的时候，老鼠会给人家里的粮囤"雪上加霜"，这时候，家猫会果断站出来，喵喵喵几声，扫平了这些"鼠匪"，然后用平和的强调唱着"妙妙妙"。

还有的动物，与人同床共枕。譬如宠物猫，宠物狗，宠物鸟，还有憨态可掬的宠物猪。人与人之间聊私密的事情，甚至是商业机密的时候，怀里还可能抱着一个宠物，人防人，慎之又慎，但是对这些宠物却丝毫不会顾及，人畜的感情竟然比人与人还要亲近。

只是奇怪的是，人在他乡遇故知，会攀谈，给别人介绍的时候会说"这个是我老乡"、"那个是我发小"，而遇见了一只狗，哪怕能认出来，再熟悉，只是相视一笑，而那只狗说不定还只是轻蔑地瞄了你一眼，头也不回地走开，态度比你还傲慢。

上帝只是不允许动物开口说话，若可以，说不定它们比人看得还洒脱，想得还淡泊。不管人如何善待它们，终归它们认为自己吃的苦比人多，生活环境比人差，历经风雨之后，它们更懂得用温存的眼光打量这个世界。

螳螂子

螳螂,在皖北被称作"刀螂",这个名字的确很有江湖气息,让人很快与螳螂拳联系在一起。猛然记起香港武侠片里王郎发明螳螂拳的情景,一只螳螂在白布后用两只"大钳子"来回勾动,王郎依照螳螂的习性来回勾拳,研习数日,终于悟得螳螂一拳,流传至今。

我是皖北农村长大的孩子,小时候,故乡走村串户的有很多拳师。这些拳师通常在村子里一住就是三个月或半年,有的甚至住上两三年,开班收徒,传授拳法,其中,传授的就有螳螂拳。

我自幼体弱,曾经有一段时间跟着一位姓王的师父练过几个月,王师父教得很好,只可惜我不是学武术的材料,学了几个月,只记得几个零散的招式。印象最深的还是王师父带着我们到田野里去找螳螂子。

螳螂子，是螳螂产在树枝上的卵，呈一个螵蛸状，表面看上去，像一艘附着在树枝上的小船，很是坚硬。我们通常会把带有螳螂子的树枝折断，放在火上去烧烤，很快，螳螂子的香味四溢，吱吱冒油，我们取下来，嘶嘶溜溜地放在嘴里，使劲儿嚼，香得很。

后来，我在父亲的医书上见到过螳螂子，配有图片，和我们在灌木丛里找到的毫无二致，只不过不叫螳螂子，就叫"螳螂"，还有许多别名——不过（真是个超脱的名字）、巨斧（估计是看着样子取的名字吧）、天马（这就有些浪漫的意味了）、斫父（这个倒是很有古意）等，足足二十几个，医书上说，这种螳螂能医惊风和抽搐。

李时珍先生在《本草纲目》里有这样一段别开生面的叙述："螳螂，骧首奋臂，修颈大腹，二手四足，善缘而捷，以须代鼻……深秋乳子作房，粘着枝上，即螵蛸也。房长寸许，大如拇指，其内重重有隔房，每房有子如蛆，卵至芒种节后一齐出。"

老实说，这样的描述，在一本医学著作里并不多见，由此可见，李时珍先生对螳螂子也是另眼相看的，说不定，小时候的他也曾如我，在故乡的树杈上折断燎食。

燎食螳螂子的那些日子，大人们多半以"可以治尿床"为理由，大谈特谈它的功效，后来，在医书上并没有发现这种记载，估计是乡人的误读，也可能对这种奇形怪状的螵蛸寄予了太多的期待吧！

回过头来看那段日子,我们只知道燎食螳螂子,却不知晓这些螳螂的卵里寄存着多少个鲜活的生命,好在长辈们总说螳螂是害虫,干农活的时候,经常捂住惊飞的螳螂,凑齐了数个,用草根系在一起,放在火上烧烤,也很好吃。姑且以害虫为借口,为那些无肉可吃的岁月多找一些打牙祭的借口吧!

乡村主题"蛐"

造物主送给乡村一件天然的乐器：蟋蟀。

月明之夜，众声缄默，唯有蟋蟀在天地间得意地鸣唱着，这时候的乡村就是它们的舞台。开嗓亮唱，管他乡人听与不听，我都要唱出自己的风格。

蟋蟀是乡间的闹钟。看了它的另一个名字你就知道——促织。意思是催促人们赶紧织布纺纱，不知道多少人在青灯下，摇动纺车和织布机，咿咿呀呀地听着蟋蟀的歌声，继续着一天的劳作。

古诗十九首《明月皎夜光》："明月皎夜光，促织鸣东壁。"促织促织，或许是蟋蟀害怕寂寞吧，非要喊来人作陪。如此说来，这种小东西，真鬼得很。

促织啾啾，延续着村庄的更迭，不知道唱了多少年。也不知道多少人都爱它如命。

元代的薛昂夫《甘草子》中有言："促织儿啾啾添潇洒，陶渊明欢乐煞。"五柳先生也爱它欲罢不能。这种小小的虫意儿，自身就是一件超重低音的扬声器，还一度成为宫廷至爱，蒲松龄在《聊斋志异·促织》："宣德间，宫中尚促织之戏，岁征民间。"为了一只蟋蟀，竟然大兴徭役，简直不可思议。

王世襄先生也是太爱这种鸣虫了，曾专门为此写有《蟋蟀谱集成》。这部堪称蟋蟀谱大全的书，从蟋蟀的捉、养、逗、器等多个方面，对蟋蟀不惜笔墨，单单是小小的蟋蟀罐儿也讲得头头是道，看得人口瞪目呆，恐怕今人无人能及了。

蟋蟀应该是乡间最单纯的动物，经不起撩拨，一根枯草一挑，一只就能与另一只立时开战。很多人恰恰利用了蟋蟀这种脾气，有的用蟋蟀来雅集，有的拿它来逗乐子，有的则拿它开赌。两腿如弓的蟋蟀，哪里知道这些，恰恰被人利用了。

好在大多数时候，蟋蟀是不"尚武"的，它们在草丛里各自忙着自己的生活，吃着草根，饮着晶露，闲下来，就在草丛深处的家园唱歌。

蟋蟀唱得多动听呀！它是乡间的歌伎，说不定生下来就跟辛劳的农人唱曲儿的。难怪它还有个名字叫"蛐蛐"。其实，它们应当是乡间的主题"蛐"。

春风如鞭,赶蜗牛

春风呀,多像是一根鞭子。

蜗牛,慢腾腾地在土墙上攀爬着,一阵风吹来,蜗牛似乎从风里汲取了力量,黏滞的脚步似乎越走越快。

这是向上的节奏。对于蜗牛来说,乡间的一堵墙,也就是一段励志的长跑。

小时候,在乡间长大的我,常常望着两样事物发呆。一件是蔚蓝的天空,一直思量要用多少颜料才能把这只倒扣的大锅涂满;另一件就是蜗牛,在雨后,它们慢腾腾地爬上电线杆,留下一段明亮的痕迹。

我甚至想,蜗牛可不可以爬上天空。眼前看着那只蜗牛,心里想的却是自己。我什么时候才可以拥有一角明朗宽阔的天空。

"蜗牛，蜗牛，先出犄角后出头。"这是小时候我们唱过的儿歌。我一直想翻开一只蜗牛来看看，据说，拿起一只蜗牛，每每唱起这首歌，蜗牛就会蠕动着犄角出来，两根柔软的犄角可以自由伸缩，那是它窥探眼前事物的雷达。

蜗牛是在陆地上行走的贝壳。它们背着沉重的壳在土地上漫步，那壳是它的房子。难怪有人说，蜗牛是中国最早的房奴。

蜗牛身上有极强的腥气，这腥气比鱼类还要严重。这是它身上独特的味道，这种强烈的味道恰恰印证了它的个性。其实，有一些人也和蜗牛一样，单从精神的气味上看，有些格格不入，其实，这恰是他的个性，也恰恰是他与众不同的一面。千人千面有什么意思，古龙香水很怡人吧，但若全世界的动物都是古龙香水的香，人们对这种香也就不敏感了。

蜗牛是最恋家的动物，它是腹足纲的陆地动物，肚皮就是它的脚，它是胸中装着大地的动物，难怪走得如此缓慢，只因它对腹下的土地爱得太深，迟迟不愿走开。

有一个寓言，说蜗牛也可以登上金字塔尖。纯属量贩式的励志体，蜗牛才不会做如此无聊的举动，那些向上爬的名利场运动会，让别的动物去做吧！蜗牛能做的，就是在雨后攀上一段墙垣，一根树枝，听一听乡间的风声，晒一晒太阳，转身退下来，它要回去，是的，急着要回到土地上去，它太恋家了。家园，就是蜗牛的最大梦想。

太爱蜗牛，说不定哪天，我会给自己取个笔名：蜗牛先生。

蛙乱说

蛙,乡村的吹鼓手。

总在河边说乡村的好,凡事总是很惊奇,哇——哇——哇——乡村多奇事,听我来诉说。

你一言,我一语,三五成堆。在独奏,各吹各的号;在合唱,同唱一首歌。

夏天,烈日恣肆,花乱开,蛙乱叫。

每一只蛙都是一个演说家,即便是在激越的雨天,它们也不会善罢甘休,嘚啵嘚啵嘚啵,涨潮了要挪窝,今天的花开比去年的多,王二家的媳妇真婀娜,李四家的儿子帅小伙……

稻香茶暖。诗人辛弃疾在雨过天晴之后听取蛙声一片。这是怎样安谧的乡村,怎样舒畅的心情,所有的蛙声都是奏鸣,诗人在乐队夹道里思索着,前行着,欢喜着。

蛙,在皖北被叫做"蛤蟆"。形容一群人说话乱糟糟,会说是"一坑蛤蟆"。形容突然安静下来,会说"一坑蛤蟆撂了块砖"。故乡人说话最形象,言简意赅,尽管也常常拿蛙作比喻,却能一语传神。

小时候看《白眉大侠》,徐良的干儿子房书安喜欢唱这样一首歌,很有趣:"河里有水青蛙叫,吵得大姐心里闹,抓几只青蛙下酒了,——哇——全跑了!"

青蛙可不傻,风吹草动它不怕,人稍稍接近,它们就两腿一蹬,立马开溜。

即便这样,在饥荒的年月里,河里的青蛙也难逃厄运,一个个被人用叉子扎住,剥皮吃掉。在饥荒的年月里,青蛙救了不少人的命,这种舍身成仁的举动,被后代的蛙代代传唱。原来,青蛙唱歌,目的是歌唱祖先们的壮举。

蛙是益虫,田间灭虫的高手。小时候,在乡村生活过的少年,如我,常常见到许多青蛙在溪边唱歌,唱累了,就去麦田里捉几只虫子吃,帮了农人不少忙。

突然想起,蛙鸣,是不是在向农人表功呢?也难说,蛙这种小东西,头脑灵便得很,说不定它们的鸣叫里有这样一重意思。

蛙鸣如雨,点点落在乡村的角落。似乎没有蛙鸣的乡村是寂寥的。蛙虽然多嘴,但若有一日,蛙群缄默,人还真不习惯。开始思忖,怎么回事?蛙呢?

我有时候想,蛙算不算是开在水里的花呢?落花流水,不知道吟唱了多少个春秋。

蛙乱说,我们且听取,且听去,且听趣。

豆青虫一样的时光

豆青虫如今很少见了。

那时候,种黄豆的铺天盖地,大豆犹如贵妇人一样,雍容地在乡间大地上生长着,日渐饱满。谁也不会轻易喷洒农药,这是吃的东西呀!朴实的乡人谁也不愿造这个孽。

没有农药的大豆田里,偶有豆青虫伏在大豆的秸秆上,肥胖臃肿。感觉这些虫子应该是唐朝后宫里的幽怨女子,空有一身肥膘肉,没有得到皇帝佬儿的青睐,只得在后世的今天一代代潜伏在豆秧深处,豆田是它们的深宫。

多年前,我还是个少年,在乡间的豆田里小心翼翼地捉豆青虫,然后到学校,偷偷塞到女生的书包里。待到上课时分,女生把手探到书包里掏书,摸到一个肉乎乎的豆青虫出来,上下扭动,吓得女生嗷地喊一声,哭着躲开……一旁的我们在旁边做鬼脸。当然了,最终我们无法逃脱被罚站的命运。

罚站在教室后面的黑板前,还不忘偷偷回味刚才女生被吓到的样子,那个女生频频回头,眼角仍有泪光。

多年以后,我问过许多乡间长大的少年,许多都有过类似顽皮的经历,回味起来,津津乐道,如数家珍。其实,那些被吓到的女子,多半是因为我们喜欢她。萌动的小小青春呀,不知该如何表达,一条豆青虫,不恰当地成全了我们的"诡计"。

前年,到山东出差,刚坐定,菜就端上来了,一盘油炸得黄中泛青的食物,有小拇指粗细,主任故作神秘地问我们,猜猜这是什么,你们肯定没吃过。

我仔细辨认,也被吓了一跳,原来是一盘豆青虫。鸡皮疙瘩瞬间掉了一地,人现在真敢吃,竟然吃豆青虫。我们小时候嗤之以鼻的小虫子,这时候却被当成美味来犒劳口腹,真是难以下咽。

在主人的再三怂恿下,我夹起一只放在嘴里,"咔嚓咔嚓"嚼了几下,一股奇异的香窜动在口舌之间,没想到,看起来让人感到不适的豆青虫竟这般美味。但我还是不敢再吃,心里还是有一重芥蒂,我曾见过豆青虫被踩烂的样子,绿绿的豆叶子还在肚里,确实不怎么雅观。况且,今人遍施农药,豆青虫作为第一受害者,你吃它,能得好吗?

再况且,呵呵,豆青虫毕竟还为我当年吓小女生当过"帮凶"呢!总之,吃不得,惟愿留下一份关于豆青虫一样躁动的青春回忆,足矣!

鸟叫是苍翠色的

故乡的鸟叫是苍翠色的。

每一声鸟语里,都是故乡草木、河流的影子。鸟雀振翅高飞,它们用最高的视角打量着脚下的大地。大地是人的故乡,也是鸟的故乡。

清晨,阳光慢慢透过窗帘,还没有开窗,就听到了一声声鸟语,似春天的包袱,撂进屋里来,落在地上,如石子投溪,溅起一层层水花。此刻,鸟语落满大地,遍地开花,落在我的耳鼓里,咚咚作响,身体里都被灌满了旋律。

一声鸟语,就是一粒种子,鸟声落到哪里,就在哪里生根发芽。春事逐渐葳蕤起来,人的心事似鸟鸣婉转,人的心情似鸟声明丽,人的心态似鸟叫平和。

黄鹂穿过树林，越过屋顶，走进每一户人家，春天在鸟鸣里逐渐走向深入。布谷恰恰作啼，在皖北的乡间，是吃豌豆的日子，布谷满天地叫着"豌豆饱鼓"，饱鼓是皖北方言，意思是饱满，通常在这样的日子，麦收时节就要到了。喜鹊这种鸟的名字充满了中国风，其实，它的叫声并不怎么好听：呱呱呱——甚至在现实生活中，它并不讨喜，人们总把它和乌鸦混为一谈，张冠李戴，弄得喜鹊好冤枉。斑鸠的叫声总能勾起人的食欲，估计斑鸠的叫声悠远且暖，农人皆知斑鸠的肉香，两者混合在一起，调和了斑鸠的声色。还有那些一年四季都能见到的麻雀，北京人喜欢叫它"小家雀（音：巧）儿"，听起来，给人"小丫鬟"的感觉，太素常了，太家常了，也容易让人习以为常。

鸟鸣山野更清幽。鸟声如浪，翻过一片又一片田野，绿色如锦缎，铺满故乡的山川。最早的故乡，是含在鸟嘴里的，在它补窝时的那些灰色的泥，在它吃过的那一粒粒禾黍，在它鸣唱过的那一棵棵树巅，在它振翅越过的那一个个屋檐。

每一片故乡，都有一两种极为常见的鸟。每一个人的怀乡梦里，都有不尽相同的零落鸟羽。每一次关于故乡的声场里，都有一两声熟悉的鸟鸣，似熟悉的乡音，触及我们的神经。

每一个人的梦，都负载在故乡的鸟羽上，随鸟雀飞翔，随梦想翩翩起舞。

人为了梦想，可能远离故乡，但在人的心灵里，永远都是故乡的候鸟。

一年四季，不管任何时候，我总觉得故乡是苍翠色的，因为，故乡的鸟叫里，有着苍翠色的声响。

蝈蝈记

清晨上班,路上遇见一辆三轮车,上面放着大大小小的草编小笼子,车子上,一群蝈蝈正叫得欢畅。

蝈蝈之流,在故乡,有个很有意思的称呼——"虫意儿"。故乡人喜欢把小一些的鸟雀、昆虫都叫"虫意儿",譬如:麻雀、蚂蚱、蝈蝈等。之所以这样命名,估摸着和"玩意儿"这个词有关,这些小东西都能拿在手里把玩,才落下了这么个名称。

最具代表性的就是蝈蝈,殷商时期,今皖北地区就有人开始饲养蝈蝈,还给它取了个俗名叫"油子",估计是与通体油亮有关。这种小东西,出身乡野,一度成为宫廷娇宠,王孙公子都爱玩。明朝时,皇宫内的两道门都是以蝈蝈来命名,一个叫"百代",一个叫"千婴",之所以取这个名字,是因为从古至今,人们一直相信蝈蝈与男性的阳具相似，人们认为，常听蝈蝈唱，子孙成汪洋。到了清朝，养蝈蝈成风，现代人也有爱蝈蝈如命的，我国著名文物收藏专家王世襄先生，曾因怀揣蝈蝈上大学而被老师赶出教室，可谓因玩成痴。

蝈蝈好玩不易捉，要在炎热的盛夏，到大豆田里去捉。天地越热，蝈蝈背上的"两把刷子"就叫得越凶，循着叫声，东瞅西瞧，终于在一片豆叶下发现微微泛黄的一团绿，趴伏着，正在操持着两把刷子唱歌呢！我们蹑手蹑脚地抬腿翻越豆秧，生怕弄出声响吓跑了蝈蝈，待靠近时，一手在上，一手在下，一手翻云覆雨，一手海底捞月，双手迅速一捂，蝈蝈就在手掌心了。

被擒住的蝈蝈一般会在手掌心咬人，疼着呢，有时候还会流血，但这点痛，和把玩蝈蝈的乐子相比，远远算不了什么了。

方才这种情况是在烈日当空的时候，若是天色稍稍阴沉，蝈蝈就不爱叫了。这时候，我们也有办法，事先从家里把筷子一砍两段，带有方棱的一段，用小刀有规则地刻上小豁口，用圆形的那半段去拉这些小豁口，发出的声响与蝈蝈的叫声极为相近。伏在豆秧里的蝈蝈听到了"另一只蝈蝈"的叫声，纷纷响应，这时，我们就可以瞅准下手了。

蝈蝈逮住了，要养。给蝈蝈安家是一项浩大的工程。好在故乡的屋后连绵不绝的是竹园，砍下来一棵，刻成两毫米左右的竹篾，然后，每一根竹篾一分为二，青一半，白一半，取竹竿表皮的青面，在平整的土地上插成一个圆形，巧手一编，就做成一个小笼子了，我们管它叫"油葫芦"，做好了"油葫芦"，就算给蝈蝈安了家。安居才能乐业,安了家的蝈蝈无忧无虑,叫得才开心。

旧时的故乡,无论老幼,每到夏季,身上都有这种"油葫芦",人坐定的时候,蝈蝈开始唱叫,很是好听。

我不喜欢把蝈蝈放在"油葫芦"里,总觉得那样蝈蝈便不自由了。我会把它撒在院子里的南瓜秧中,蝈蝈最爱吃南瓜花,夏天来的时候,满院子都是蝈蝈的叫声,把蝉声都给压了下去。尤其是在月色如洗的夜里,躺在竹床上,望着窗外月华,听着窗外的蝈蝈声,乡村安静得连狗吠也听不到,在蝈蝈的眠歌里,乡村全都睡熟了……

愣头鹅

那时，你养鹅。

鹅的脖颈很长，在我还没有学习到"曲项向天歌"的之前，先从你家的鹅颈上远望天空，真渺远呀，像极了茫然的年岁。

鹅总是很吵，我们却很安静。安静是为了思忖，我们什么时候长大？

你从父亲的房里搬出来大部头的武侠书，我字还认不完，你一字字念给我听，好像在喂食我一粒粒精神的食粮。

那一年，你11岁，我6岁，背着书包，跟在你身后，去喧闹的学堂。

你说，我是一只愣头鹅，遇见别的孩子欺负，还不知道还手，我傻笑，说，打人不好。

你小学刚毕业，就被家里人喊回去，家里的鹅养多了，父母照应不过来。

瞬间，我恨世间所有的鹅，顺带也恨骆宾王，以及王羲之。

你在雨后的乡村屋檐下安慰我说："没事，你要好好上学，我回去养鹅，可以煮鹅蛋给你吃，你要替姐姐认识更多的字，然后读最好的武侠小说跟我听。"

17岁，你个头一米七〇，出落得大方婉约，有一种超出一般的美。父母患病，100余只鹅的喂养重担全落在你肩上。你穿越在鹅群之间，汗珠湿了长长的发线。

我会定期从镇子上买一些武侠小说读给你听，从金庸到古龙，再到梁羽生。

你一直很爱听，我有时候觉得，你不该是个女孩子，应该生活在古代，佩剑远行，做个行侠仗义的侠客。

19岁，你果真远行了。那一年，你卖光了所有的鹅，远嫁他乡。

父母也跟着你去了。你出嫁的前一晚，带走了我送你的所有书。尽管那是个暑假，我却故意躲了出去，不敢看你穿婚纱的样子。

当晚，我去了你家，院落空空如也，鹅圈里，一地零落的鹅毛，像极了去年的大雪。

我不知道你嫁给怎样的男人。只知道你常常给我写信，勉励我好好学习。

一开始，我还回信，后来，繁重的课业让我无暇顾及其他。

高中时，我上学第一天就调换了班级，因为隔壁班有个女孩很像你。而脾气却极其顽劣，和你有着两重天地。

我想，就这样看着她也好，就当是你。

高三那年，那个像你的女孩恋爱了，男朋友是我的上铺。那一夜，我奔出去，一个人坐在城市天桥，喝光了整整三瓶啤酒。满肚子的苦，比你结婚当天还要酸楚。

接到大学录取通知书那天，你来看我，带着个孩子，很像当年的你。

你让孩子喊我哥，弄得我哭笑不得，几欲流泪。你赶紧纠正，错了错了，应该是叔叔。

当时，我手里正拿着一瓶饮料，你骂我"愣头鹅"，说："孩子在跟前，还不给孩子喝点。"我傻笑，赶紧递过去。

后来得知，你嫁的那个男人破了产，你又重新开始养鹅。

你养鹅，鹅却没有养你。你一开始是鹅蛋脸，现在已经消瘦成了瓜子脸。

整个大学，我的生活丰富多彩。我考的是农业大学，学的是和养殖有关，我自己也不知道这是否和你有关。

我毕业那年，在城市农委找到了工作。做了一名出色的农技师。

让人打听你，得到了你养殖场的地址。那是个黄昏，开着车到了你的养殖场，在院子外偷偷往里瞄，满院子的鹅群，你手里拿着一本《仙鹤神针》，大声地读着。夕阳真好，你双脚浸在水池里，群鹅静默，一个个傻愣如我。

我笑得流下眼泪，那一天，我没有去推门，转过身，驱车远去,速度飞快,路边的野草飞速从我的眼帘里退后……

时光,它真的跑远了,就像路边的草色。

有茶可喝,有瓷如君子而立,怀里抱着的是茶的清波,三两知己对坐,攀谈流年,这样的素闲,哪怕是半日时光,也可以消抵十年尘梦。

第六辑 我心素已闲

我心素已闲

我一直向往这样一种生活：有一处靠湖的房子，枕木铺地，房子里开一家书店，书店与茶馆交错，茶馆中有书，书边有茶。楼下，人声杂乱，各自谈着自己的营生，而我则住楼上，沏茶煮酒，定时阅读，穿最宽的衣衫。累了，去楼下听茶语，观人生。

是的，所有的闲适都是自私的，这样的生活，需要好大一笔资金。建立在能够闲下来的基础上。所有的闲适，都是一种境界，非任何外人可以轻易移步而入。闭门即是深山，但并不是谁都有资格轻易把自己的门扉闭上，不关心流年，不在乎世事。

闲适，需要自我经营。

"闲"字很有趣，从字的构成上看，也就是"一扇木门"。现如今，城市哪里有纯正的木门，真正的木门还是在乡间，不管是篱笆，还是几根板材随便钉在一起，总之是木材。

就我看，"闲"里的"门"已非门窗，而是屋子，门中的"木"，也非草木，而是一个人木然而坐，是在沉思。

人只要有沉思的时间，这个人就是清闲的，也是幸福的。

在这样的幸福和清闲里，弄一处田园，种一些时蔬，浇水施肥，看书观云，像养时蔬一样养自己，素淡而不寡淡。这样做，才是最亲近尘世浮生。

李渔《闲情偶寄》里说："居处一定，则当美其供设，书画炉瓶，皆宜森列其旁。但勿焚香，香薰即谢，匪妒也，此花性类神仙，怕亲烟火。"

是的，现如今有了房子，不代表富有，还要看你用什么东西去填充。真正的"美其供设"，用的是"书画炉瓶"，书不必广猎，画不必名贵，线香齐备，却不去点火，因怕吓坏了屋内的花草。人心素淡，花草的心也是素淡的，消费不了太浓郁的人间烟火。

其实，这样的日子，哪怕是两三年，三两日也可。就像是周作人说的："喝茶当于瓦屋纸窗之下，清泉绿茶，用素雅的陶瓷茶具，同二三人共饮，得半日之闲，可抵十年的尘梦。"

有茶可喝，有瓷如君子而立，怀里抱着的是茶的清波，三两知己对坐，攀谈流年，这样的素闲，哪怕是半日时光，也可以消抵十年尘梦。

我曾多次把这样的生活设想说给朋友听，朋友指着城市中央喧嚣的车流说："你还是回故乡老家吧。"那些嘈杂的市声会驱离你所有的素闲,只有乡村,才能让时光慢下来,如一只竹筛,滤过你所有浪漫悠闲的流年。

今夜有露

农历九月间,收过了玉米,万木转黄,在田间犁地耙地,闻着土壤里湿润的气息,知道今夜又要有露了。

每一个农家人都有一副对土地敏感的鼻子。土壤含湿,今夜必定有硕大的露珠凝结。这是天地之间的一种奇妙集结,也是季节以草木为聚所召开的一场盛会。

土地规整完毕后,把方才犁铧翻掉的杂草抱出地外,这样一抱,草棵之上已有些许湿漉漉的气息,瞧,悄然之间,它们都来赴会了。

收拾完土地,把农具放在牛拉的拓车上,甩着辫梢回家,吃过晚饭,才发现自家的小羊走丢了,赶忙到田畈去寻,球鞋与裤管趟过红薯秧,不多时,裤管全湿,贴在小腿上,鞋子起落之间,已经可听到哗啦哗啦的水声,这艘农人的小船,漏水了。

都是这露,硕大颗的露珠。

我一路唤着小羊,咩咩咩,咩咩咩,在地心里,看到一团乳白色,这个小家伙,它正躲在红薯秧里吮吸叶片上的露珠呢!

露珠,哪来这么大的诱惑力!一只乳臭未干的小羊也被其牢牢吸引,不惜离家出走。

月上三竿,轻纱一样的银河,不知牛郎是否还在放牧他的牛。我只管赶着小羊回家,走累了,抱一阵,在我的怀里,小羊安静得像个婴孩,温顺地把头扎进我的臂弯,一动不动。

还有半碗稀饭没有吃,我把小羊关进羊圈,端着一副碗筷,在院子里望月吃粥,依稀记得,那时候的乡村,正是琼瑶剧风靡的时刻,姜育恒用他老酒一样的嗓音唱着:"窗外更深露重,今夜落花成冢……"

感喟于谁把歌词写得这样好,后来方知是出自琼瑶手笔。难怪。

更深。露重。旧时的乡村还真有打更的人,每个村子都有一处打更房,用来给巡逻放哨的人短暂歇息使用。那时候,各家各户的门窗都为木制,有时候,还是篱笆做的,对于盗贼来说,不堪一击,这才需要打更人。

我曾陪着父亲打过更,夜深的时候,能够清晰地听到露珠降落的声音,滴答,滴答,像是慢性子的雨,砸在地上,又似乎比雨滴要响,露珠来得慢,似乎是要重一些。这样的积渐生变,和人世间的诸多事都是一个道理。慢慢来,才能做得精彩。

如今，琼瑶剧拍了一茬又一茬，像田里的庄稼，露还是当年露，姜育恒有时还在唱主题歌，打更房随着打更人却消失得无影无踪。此刻的乡村，到处都是砖混结构的建筑，铁将军把门，防护设施做得那叫一个牢靠，有露落在门环上，天长日久，生了一层锈，随着露珠，琥珀一样滴淋下来，两副门环，像是两行眼泪。

一样的乡村月夜，一样的露珠，在不一样的"乡村配置"上，悄然发生了改变。

前几日回乡，住在父母家，故意睡得很晚，想听一听当年的露，无奈的是，每家每户都睡得很晚，甚至有人彻夜不关电视机，人丁稀少的乡村，犬也多了，几乎听不到露珠声，若要找寻，只有信手去摸，摸到手的，也是一股湿腻的露水，不似当年清爽，估摸着因少有人问津，露珠也寂寞了。守着一汪水的身子，心里却是饥渴的。

还是要再住两天，且陪一陪经年的露珠，天气预报说，今夜又有露，我暗自庆幸，多好多好，且解心灵之渴。

寥 廓

"寥廓"这个词,应该是属于乡村的。

城市高楼大厦遮天蔽日,哪里能够看得见"寥廓",真正的寥廓还是在乡村,在苍天莽原之上,天似穹庐,原野如卧,这是天地之间的大性感,也是生命旅途上的真风月。

人在自然的母体里诞生,适时还是会感念自然的。

朋友的父亲患了胃癌,晚期,自知时日不多,且老爷子年事已高,只能保守治疗,保持心情舒畅。问老爷子想到哪里走走转转,老人家说,能否到乡间去,租一块地,种些瓜果梨桃,过一段瓜棚豆架的日子,死何足惧?

老人家果然去了。朋友按照他的愿望,在乡间租了两间屋,一块地,地里,点种豆角,还栽种了番茄、西瓜之类的吃食,老人每天食粗粮，呼吸着田野间的风，看着满目的瓜果梨桃，心情大好，原本被医生宣判过不了年的寿命，足足支撑了两年有余。据说，老人是含着笑离开的，那样的笑容，像极了一池春水里的水波，慢慢漾开，远去，无比寥廓。

一个内心寥廓的人，是不在乎霜天的。风且刮它的，雨且下它的，云雾且笼罩它的，终究会有云开雾散、山河解冻的一天。到时候，迎来的必然是满目的苍翠，心灵深处也一片葱茏，眼前的些许枯萎又算得了什么？

"寥廓"好比远天，不择飞鸟，不拒流云，一切的繁杂都纳入胸怀，成就了它的内容。寥落的主旨不是拒绝和挑剔，而是包容和接纳，李鸿章撰写过一幅联："走十丈尘心无垢，览万幅锦眼不迷"。万花丛中过，片叶不沾身，这不是真寥廓，是什么？

"寥廓"是需要无数次经过的。让无数次经历化解自己的拘泥。让每一笔阅历都变成自己心灵的学历，这才是人生的高妙处，非一般修为可以做得来，就像庸脂俗粉赢不来春暖花开。

她被一个小她几岁的女子抢去了爱人，瞬间，她觉得天崩地裂，自己失去了整个世界。经过明察暗访，她终于找到那个横刀夺爱的女人。挖空心思，设计多年，只为报复这对毁了她幸福的男女。经过了三年的酝酿，她认为时机终于成熟，可是，就在这个时候，她得到了女人的厄运消息，因为一次事故，永远失去了生育能力。那一刻，她的心软了，立时释然了，她觉得自己内心无边蔓延扩展开来。

是的，她的内心突然变得寥廓了。

弘一大师说:"花繁柳密处拨得开,方见手段;风狂雨骤时立得定,才是脚跟。"这就是寥廓,留一份内心的寥廓换取人生的苍茫,这是内心的气定神闲,而不是风中芦苇,摇摆不定。

当生命走到了狭窄和逼仄处,不妨打开心灵深处那扇寥廓的窗口,静看流云,坐等花开。

面朝故乡的背影

我有一位年迈的邻居,常常喜欢站在自家楼顶上发呆,发呆的时候,朝向南方。南方的太阳何其毒劣!他偏要舍出老脸供烈日炙烤,问其何故,他说,近来,他总是想起小时候,砍完柴,在山坡上和小伙伴一起晒太阳。山上有树,树叶会遮蔽他们的身体,他们每个人都力争把脸朝外伸一些,让阳光照着。老辈人说,这样做,是为了吸收太阳的灵气。

原来,我这位邻居是想家了。是的,他已年逾古稀,远在云南昭通的老家,交通多有不便,每每念及故乡,就面向故乡的那片朝阳的山坡,想一阵子,念一阵子,这样做,心里多少有一些宽慰。

狐死首丘,越鸟巢南,人与动物,都难逃故乡这面大网的

"张罗"。

看一位作家的新书封面，黑黑的一帧背影，坐在故乡的村落前。她面对的方向，树木葱茏，屋舍俨然，有猫在墙垣上假寐，阳光正好，而那样一个背影却与故乡格格不入，至少是相去万里之遥。

那样一幅素淡的背影，我不知道她在想些什么。是感怀物是人非，是怅惘流年似水，是回忆墙根边和小伙伴们唱过的童谣，是念及故乡大地上的庄稼，还是想起小时候在故乡的点点滴滴？

人在故乡之中，身在福里，犹如孩童在母亲的怀抱，多半不懂得珍惜。人对故乡是不公平的，但故乡从不在意，无论任何时候，总是敞开怀抱迎接你回来，无论是风雪柴门，还是阳光满地。每个人都欠故乡一笔感情账，故乡永远不会跟你算，无论你是失魂落魄，还是衣锦还乡，故乡用村口一棵枣树装满笑容，风吹过，如在说："回来就好，回来就好……"

人生两头：小时候——老时候，与故乡相看两不厌；但中间的大部分，我们与故乡是面面相觑的。

人面朝故乡，与故乡有了距离，犹如一对情侣闹了别扭，相对无言，惟有泪千行。

人背向故乡，这就是背井离乡了，这样的情景多半寄寓着心酸，每走一步，心里总是泣血的。

再也没有故乡距离我们如此亲近，她似我们至爱之人，时时刻刻总在我们的心坎上。

再也没有故乡距离我们如此遥远，它是云朵，看起来很大，若要伸手抓住刚才的那一朵，已经不太可能了。

人生的房间总需要一些房箔子

房箔子是什么？恐怕现在很少有人知道了。

旧时的皖北乡村，高粱（皖北人习惯把高粱叫做"蜀黍"）收获下来，人们把秫秸上的皮剥干净，然后用一根根缝衣针把秫秸缝起来，根据需要，形成三五米长的一段，线绳打结，箔就做成了。

高粱多像一个个军人，倒下了，也要结集成一个"营队"。这样的"营队"，伸开，上面可以晾晒东西；不用的时候，还可以卷起来，放在房檐下面。

当然了，穷苦人家若是买不起棺椁，只是简单用这种箔把人卷起来，葬了亲人。箔，为穷人保全了最后一丝颜面。

今天要说的不是箔的这些用途。旧时建屋，砖瓦相当金贵，通常三间房子建好了,每一间都要用这种箔隔开,箔站立起来,放进屋内,这就是房箔子了。

说白了,房箔子是乡村简陋的屏风,能够遮挡一些视线,便于房间内的人活动。秫秸和秫秸之间,不可能严丝合缝,还有少量空隙,通常,人们会用几张报纸糊起来,这样,就能保守秘密了。

房间有了房箔子,就守口如瓶了。

房箔子是中国朴素乡土文化和羞涩文化的结合体。旧时,谁家姑娘介绍对象,男孩子刚刚到当屋,女孩子通常在房间里面,隔着房箔子偷偷瞄几眼,这是最好的相亲方式,女孩子遇见了心仪的男孩,很乐意出来相见,若是不乐意,就不愿意跨出房箔子了。

薄薄的一个房箔子,成就了旧时女子足不出户的婉约与内敛。

设想,在古代,若是没有房箔子,女孩子的羞涩无从成全,若想看一眼与自己相亲的男孩子,必须走出来,难免尴尬;怀揣着迫不及待走出来,难免被人说成莽撞,总是不能心安。

随着乡村物质生活的提高,房箔子逐渐被木板代替,稍后是砖头砌墙,密不透风,想偷偷瞄一眼也不行,要看,就必须走出去。坦白倒是坦白了,明了也算明了,就缺少了一种偷偷瞄一眼的朦胧惊喜,总感觉相亲的过程无端少了一个步骤,简省了,莽撞了,苍白了。

人生是一个房间,多少是需要一些朦胧美的,也多少会需要一些羞涩的。所以，人生的房间总需要一些房箔子，成全你的婉约，成全你的含蓄，成全你的悬念。

何必非要横冲直撞？何必非要赤裸粗粝？不妨多给自己设置一些"房箔子"，多一些矜持的气质，多一些等待的美丽，巧妙地拉长生命的过程，放缓你美好的光阴。

故乡的风里装满了内容

悠悠的微风在故乡的涡河上吹拂了3700多年,湿润了河水流过的两岸,也灌溉了这片土地上人们的精神田园。

没事的时候,走在涡河大地上,杨柳扶风,有淡淡的青草的香,我最喜欢。一直以为,故乡的草香能提神,比薄荷油、清凉膏效果都还好。故乡的草香,总是直接蔓延到人心里,春暖花开,万木葱茏。

若是你赤脚走在故乡的沙土地上,沙楞楞的土壤沙沙作响,有一股温厚的暖,夹杂着微微的痒,由脚心直抵你的内心。这样的感觉,无论你走多远都忘不了。风吹过,扬起土地的体香,这样的香味比任何味道都销魂,是的,销魂,只有故乡的母体,才配得上"销魂"二字,其余都污浊了这个词的精神内涵。

风吹过村庄，一座连着一座，像走亲戚一般，走过了这家去那家。故乡的人也像故乡的风，热爱走动，与每一户人家的关系都很好，交流产生暖流嘛！

风吹过树梢，风中的鸟巢看起来岌岌可危，幼鸟却在巢穴里唱着，似乎在享受每一寸风的吹拂，也舒展着自己日益硬朗的翅膀，丝毫没有畏惧的意思。再过些时日，它们就能在风里振翅了，乘大风，直上云霄。

人忙的时候，风总是很安静。在割麦插禾的时候，在扬场脱粒的时候，在犁耙田地的时候，在播种施肥的时候……风总是柔柔地吹着，带着故乡人的汗味，带着四时空气里的气息。

人一闲下来，风就开始抒发感情了。左一下，右一缕，故乡的大地如徽宣，风似笔墨，描摹着田园，描摹着村庄，也描摹着在风里嬉戏的每一个孩童，在风里酣眠的每一种家畜。故乡的风，原来是"人闲疯"，真知冷知热，善解人意。

故乡的风里装满了内容。有袅袅炊烟里草木的味道，这是最本真的人间烟火；有厨房里母亲做的饭菜香，这香味也产自故乡大地上的植物和牛羊；有猪圈和牛圈里飘出来的粪便的味道，这才是最原始的生活，臭也臭得真切踏实；也有春季的花香，芍药花、桔梗花、葵花、月季花、牡丹花，花花世界，全部被风成全。

人在风里走，裙裾和衣衫随风飘舞，这是风中最潇洒的姿势，也是风中最坚强的内容。故乡多像一篇大部头的小说，风是线索，把故乡人的性格、风俗、文化都串联起来。

常常在风起的时候,听到故乡的牧笛,听到农田里的鞭梢声,听到母亲喊孩子回家吃饭的呼唤,听到货郎挑的吆喝,也听到两个村妇为了一点鸡毛蒜皮的小事在拌嘴,生活嘛,总少不了些饶舌拌嘴,说开了,把怨愤都发泄在风里,随风而去,一切就都烟消云散了。

风过故乡,风过我们"疯过"的故乡,风过我们"疯长"的故乡,风吹过故乡大地上每一个人的发丝,风言风语里也装满了故乡人的情思。

窗是灵魂的烟囱

我采访过一个小偷,他身手麻利,飞檐走壁,偷过无数家的东西,都是直接从门进去,从不走窗子。小偷是个迷信的人,他说,窗子是人灵魂往返的地方,只有门才可以容得下我们的肉身,走窗子的人,有可能会丢了魂。

小偷说这话的时候,若有所失。我问他,你一直没从窗子经过吗?

小偷咳了一声说,就是这次走窗子的时候落网了,晦气呀!也难怪,这户人家的那块玉太名贵了,大门有监控,我只得绕道走了窗子,才被逮个正着。我知道,这一行,干得久了,迟早会有这么一天,真没想到,仅仅走了一次窗子,就中招了。

当然了,小偷说这话的时候,仍对运气一说深信不疑。我则看好小偷的那句话:"窗子是人灵魂往返的地方。"

是呀,一个人身体进入房子,通过门;一个人的心灵飞出房子,经由窗子。

窗子,是我们放牧思想的通道。窗外,一朵花开了,我们推窗发现;园子里,正淅淅沥沥下了一场雨,透过窗子看出去,墨绿的一片,橄榄油浸润了一般;晴天丽日,躺在床上,举着一本书,阳光漫过窗台爬进来,看书累了,抬头望一眼幽深的天幕,看着自由翱翔的飞鸟,内心就会无边辽阔。

祖母在的时候,喜欢在窗台上养花,哪怕是仙人掌也要养一盆,祖母说,一户人家的窗台规整了,整个居室就有了生气。

的确如此。

还曾认识一位文友,老公英年早逝,她喜欢折叠数十只千纸鹤,挂在窗前的雨搭上,她说,晃晃悠悠的千纸鹤,似老公当年的影子,蓦然从窗台经过,疑似故人来。

许多小孩子们也喜欢趴在窗台上,托着腮帮思索,宁静的思索里充满了梦幻,有时候,他们还会买一只风铃挂在窗前,风经过的时候,撩拨得风铃叮咚作响,有着童话般的意味。

永远忘不了钱钟书写"窗":"又是春天,窗子可以常开了。春天从窗外进来,人在屋子里坐不住,就从门里出去。不过屋子外的春天太贱了!到处是阳光,不像射破屋里阴深的那样明亮;到处是给太阳晒得懒洋洋的风,不像搅动屋里沉闷的那样有生气。就是鸟语,也似乎琐碎而单薄,需要屋里的寂静来做衬托。我们因此明白,春天是该镶嵌在窗子里看的,好比画配了框子。"

钱老先生真是学士大儒,写起窗子来都这么有趣。

想起一位诗人这样说:一座屋子,少不了一扇窗,缺少了窗,就生了疮,屋子也就成了"兀自",生活中的一切就都和寂寞沾边了。

这话说得多生动。生活给我们一堵墙的时候,我们撞得头破血流,也要撕开一条口子,撞开一扇窗。肉体可以被禁锢,就怕拴牢的是思想。手上的锁链可以生锈,只要给我们一扇窗子,心灵就永远不会发霉。

记得在古文中,"窗"与"囱"是同一个字。我们可不可以这样解释,当信念燃烧的时候,窗子就是我们灵魂的烟囱?

也许可以。

精神屋顶

乡村的夜空是故乡人的精神屋顶。

和乡下人比起来,城市人只有"屋顶",似乎缺少了些许精神。

蜗居城市多年,每隔一段时间,我总要把女儿带到乡下,父母还在那里,孙女去了,一是可以让父母享天伦之乐,二是能让女儿看到纯净的夜空。我发现,凡事一和"父母"沾边,多数是两全其美。

星星,那些夜空里睁开的眼睛,是夜的精灵;那些流星,是夜的游神。那些夜里的树,或枝叶摇落,脉络毕现,或蓊蓊郁郁,看上去黑魆魆的,像是站立在乡村的打更者。那些站在树梢的猫头鹰,带着些许的诡异和神秘,站在乡村最高处,它们用幽蓝犀利的目光打量着乡村的一切,它们的眼睛,是落入凡间的星星。

一个在乡间长大的孩子,回溯的目光里总少不了乡间夜空的影子。

我们童年肆无忌惮的梦想放逐在故乡的田园里,最终飞升到夜空里。

我们童年的诸多梦呓丢失在老屋的床边,逃跑在故乡的夜空里。

我们青年时承载一腔抱负的呼喊,渔网式的撒在村口溪流的金波里,也被故乡的夜空给回收。

我们壮年时在故乡田园劳作的汗水,摔在地上,如一地碎钻,它们加上我祖父、父亲、亲戚、邻居的汗水,与故乡夜空里的星星遥相呼应。

我们老年时清澈的目光是从夜空里借来的水晶灯,更加洞明地阅读着这个世界,然后把一生的读后感讲给自己的子孙听,听得夜空里的星星也傻了,只顾着眨眼睛。

亘古不变的北极星,是故乡人的坐标。这里的人淳朴、认死理、宁折不弯,就像是一颗北极星,万亿年都缀在夜空,不移位,像一粒纽扣,给人的脚步作导航,也给人心作导航。

牛郎星和织女星,开启了多少代孩童的童话梦想,他们或坐或卧,在乡村的葡萄架下,听着大人们讲述着牛郎织女的故事,内心渐渐有了爱憎,得到成长,有了明断,也有了自己对这个世界的认知和憧憬。

狮子座流星雨，多年不遇一次，遇见了，就要在故乡的墙垣上趴着守候半天，等着夜空里的流星雨，像一筒大大的烟花。在这样的流星雨里，可以许下多个愿望，每一个交给一枚流星，狮子座流星雨里承载着我们年少的纯真。

故乡之所以美好，是因为它有一方宽阔的屋顶，不设防的屋顶，任何人一眼就能看到的屋顶，也是"一眼万年"的屋顶。匆匆一眼的深邃，一辈子都忘不了，每每回味，总有故乡的夜空在。

这些年，由于城市化的推进，工业化的飞速进程，故乡的夜空已经不那么容易撞见了。尤其是在城市，铺天盖地的霓虹灯和光柱遮蔽了夜空的面庞。再想见它，只能去乡村，那里是许多孩子成长且寄托梦想的地方，那个地方还寄存着一方明澈的夜空。

有人说，年老勿还乡，还乡须断肠。那是说，故乡早已物是人非，风景已非记忆里的样子，人也垂垂老矣，或是已然作古，这样的故乡当然被岁月的潮水给冲垮了。好在等候我们的，还有故乡的夜空。它罩在我们的记忆里多年，再举头仍是当年的样子，它是我们灵魂的最后一方净土。

故乡的夜空，精神的屋顶。

故乡在上

想起故乡,我常常想起村庄上方的夕阳。红彤彤的一盘,贴在天空的穹窿上,这是村庄上方亘古传下来的瓷。

夕阳如瓷,瓷如眼,俯瞰着村庄生灵的一举一动。谁家的烟囱最先冒烟,谁家的牛吃了另一家的麦苗,谁家的孩子顽皮地摘了别人家的瓜,还有诸多的事件,夕阳都知道,它心里明镜一般,照见村庄的内心。

有人说,每每想起故乡,总能想到故乡的夕阳。想起自己小时候放牛的那些日子,把牛放在青草坡上,在地上楔一个橛子,拴在上面,自己躺在草地上,看蓝天白云,嚼着草根,憧憬着自己未来的样子,天光渐渐暗下来,夕阳像个顽皮的孩子爬上树梢,牵着牛回家,有母亲做的乡间美味可以犒赏肚子,真是美好的一天。

我还认识一位诗人朋友，他离乡多年，在外打拼的日子，常常午夜梦回，梦里，故乡的村口的泉，明眸一样盯着他，漩涡如口，向他发问，你在外面都是做了什么，怎么还没回家看看？村后的小河边你曾经玩耍过的铁锚锈了，曾经玩过躲猫猫的院落荒了，村口的大石碑不见了，绕村而过的河上木桥已经换成了石拱桥，一切的一切，都在等你回来。

故乡总有一朵花在等你回来才盛开。不知道你信不信，他们有可能是多年前你曾经浇水灌溉的一棵小苗，它开花结籽，繁衍了好几代，仍不忘你的恩泽。

故乡总有一个人在等你回来才开心。他（她）在村口日日守望，望穿秋水，头上的杨柳绿了又枯，枯了又绿，通往村子的路，人头攒动，看得他（她）已然花了眼。

故乡是老去的一棵榆树，斑驳的树皮上记载着我们童年的纯真，故乡是不老的乡音，出走多年，容颜气质都已改变，不变的是故乡烙在我们喉头的印记。

故乡还是一种牵系，一种抗衡"迁徙"的"牵系"。每个人都是一只雪候鸟，下雪的时候，还是要回来，在一片雪花里寻找梦呓，捡拾真诚，也在每一次故乡上空的振翅里聆听风声，聆听乡音。

心是一方祭坛，在每个人心灵的几案上都有一个牌位，上书两字：故乡。

故乡在上，每个人都在朝拜，都在祈祷，都在祝福。

无论走到哪里,请别忘记:故乡在等你回来。

无论出走多年,请别忘记:总有一方土地供你皈依。

被整容的故乡

坐在乡村的小楼上看日出。连绵不断的三层小楼,乍一看,真有些"城市"的意思,当乡村的旧屋被一一推倒,楼宇取而代之,粉墨登场的时候,恐怕,看日出应当是乡村小楼的唯一好处。

我起个大早,在故乡楼宇的阳台上,原本高大的树木变得矮小,东方亮出明晃晃的一团朝霞,太阳还没有真正出来,霞光只是它的先头部队。趁着霞光,我打量四周那些被推倒的村庄,此刻,偶有可见的瓦砾与残垣在原野里散发着忧伤的气息。

旧时候,鸡犬相闻的小村不见了,小村化零为整,成了大村,朝大处、宽处、高处延伸。原来,提及故乡,脑海里总是泛出一个词:渺小。而就在此刻,"渺小"却躲闪得无影无踪,

"浩大"颤颤巍巍地登场了。

日头羞答答地露出半边脸的时候,我用手机拍了一张故乡的照片,发了一条微信。我平日里是不擅长运用这些通讯方式的,这时候,看见故乡的小楼,我很自然地就拿出了手机,不假思索地发了条微信。这点,连我自己也觉得奇怪。

有七八个文友回复说,又买新房子了?我答复:不,是在故乡农村。

看来,在大多数人的印象里,乡村原本不应该是这个样子。它本应是绿树成荫,瓦房优雅,炊烟袅袅,墙根处,一帮小朋友在玩沙包或躲猫猫,而不是时尚得看日出。日出有什么好看,在故乡务农的人们每天都能第一时间看到日头,但他们无暇顾及,他们只是低着头,面向故乡的沙土地,心里想着的是草木和庄稼。

无疑,我眼前的故乡是被整容了。整容得竟然连大多数人都不认识,这大大超出了我的想象。这样的场景,往常只会出现在韩剧里,易容复仇,而此刻,和"仇恨"风马牛不相及,本应怀揣着虔诚,或是赤诚,事实上,与想象中大相径庭。

我无意延迟社会前进的潮流,那样做,无疑是螳臂当车,况且我也不愿意那样做。我只是觉得,乡村就应该保持乡村应有的样子,有太多的事物常常被人忆起,常常令人追怀,那里,种植着太多人的乡愁。

这是一个处处追求"原味"的时代,原味即美好。乡村的原味,就是乡村的坚守。

而如今，乡村越来越像城市，城市越来越像乡村。当乡村楼宇遍地，当城市的大街小巷遍布着做作的农家乐餐馆，乡村被淹没，被阉割，而城市呢，竟然以乡村为噱头，在每一条街巷里上演着"农家乐"的相声。

太多的人念及故乡，会想起一件标志性的事物。而如今，许多地方，乡村的个性荡然无存，一个地方抄袭另一个地方的建筑，整齐划一的楼房一排排地安装在故乡的版图上，为此，推毁了多少，丢弃了多少，割舍了多少？

面对故乡，太多的人出走或远离，到头来，或是碰了壁，受了伤，叶落归根，总是要回来。当我们怀着浓浓的期待回归故乡的时候，高高的楼宇会不会让我们迷路？故乡门前那棵生长了几十年的歪脖子树不见了，家园何在？

故乡被整容，而我们心里依然保留的是素颜故乡。这是何其大的心理落差？人人都希望故乡向前走，但不是丢盔弃甲地奔走，而是从容自我地散步。

牛粪里的故乡

黄昏,晚霞真好,母亲到城市里,要我陪她到环城南路去买一只粪箕。

粪箕是什么?对于一个没有在农村生活过的人,它也许十分陌生,甚至是十分古怪。粪箕用藤条编制,三股拧在一起的藤条作麻花状,牵住下面编织细密的一个半开口的筐。小时候,常见许多老人,在冬日早早地就起床了,穿上棉袄,腰间系上白布做的腰带(俗称"大带子"),胳膊上挎着个撅头,到田野里去,那里有昨天耕牛拉下来的粪便,已然被冻成了冰坨子,用撅头刮下来,一提,撂到粪箕里,如是再三,直到粪箕里牛粪的重量足以把粪箕压得唧唧作响,这时候,太阳已高高升起来,老人抽一袋烟,望着满粪箕的牛粪,乐呵呵地回家去。开春以后,这些经过发酵的牛粪就要被派送到田畴里，滋润庄稼的生长，也间接滋润了野草，它们又是耕牛的草粮。

我驱车往环城南路走，一路上，城市高楼大厦又新增了不少，母亲惊呼："这楼越来越高了，看上去就有些吓人。这几天，家里也在搞什么新农村，据说，马上农村人也要住楼房了，真不知道犁、耙、箩头、榔头往哪里放……"

从母亲的话里，我能听出来些许怅惘，对于即将被推倒的土屋瓦屋，这一切似乎来得有些太快了。快到环城南路时，母亲还在念叨："农村都规划上了楼房，到时候还允许养牛吗？我还指望着捡拾些牛粪鸡粪羊粪，做一些农家肥，给孙女种一些绿色无公害蔬菜呢！"

"绿色无公害蔬菜？"我看了母亲一眼，母亲笑了，说："电视上看到的，说是对身体好。"

我正要答话，环城南路到了。下了车，我和母亲在高高的路面上行走。这里，曾经是古城的城墙，被推倒之后，直接在原址覆土，所以，才有了城市最高的路，几近超过两层楼。

宽阔的环城南路上，分布着低矮的建筑，这是城市的贫民窟，也是草编艺人的最后领地。这些草编艺人都已年迈，黝黑的皮肤，粗糙的手掌，身边都建着一个蓄水池。刚砍下来的藤条，多半脆得很，一握易断，为了消除藤条的戾气，草编艺人需要这样一个蓄水池，灌满水，把藤条浸润在里面，一夜之后，藤条就有韧劲儿了，当然了，那些吸收了藤条戾气的池水的味道，也好不到哪里去。那气味，每一个草编艺人身上都有，仿佛是被吸收到了骨子里，再多的洗发水和沐浴露都消除不了。

我和母亲在环城南路上走着，一路问着，有粪箕卖吗？草编艺人们一个个都摇着头说："哪还有那玩意儿，如今，农村都用复合肥，谁还拾粪？况且农村喂牲口的人也少了，即便你买到粪箕，想拾粪也拾不到呀！"

我们继续向前方走，路面越来越高，我伸手去搀母亲，母亲甩开了，说："我还没有老到要人搀扶的地步，一口袋粮食，我还照样能搬得动，你还不一定有我的劲儿大呢！"

上了一个岗儿，这里的草编艺人更加密集，编制的东西更加全乎，什么条笆、簸箕、馍罩头、簸篓、竹篮子等等一应俱全。在一户年迈的草编艺人店里，我们终于找到了粪箕，母亲如获至宝，挽在臂弯里，问了价钱，25块，母亲一下子买了两个，不讲价，这点确实令我意外。

那个年迈的草编艺人说："如今，也只有我愿意编制粪箕了，那些稍微年轻一些的都不做了，认为卖不掉，且编粪箕很费手工，他们都怕伤了手。"

我赶忙看这位草编艺人的手，粗壮得像一根根小棒槌，上面结满了老茧。其实，说他们是草编艺人，也算不上什么艺人，充其量也只能称之为"手艺人"，这些手艺人在20世纪七八十年代以前十分常见，如今，随着农业人口的逐渐减少而减少，到现在，竟然连一个愿意编制粪箕的人也很难觅了。

我把母亲买来的粪箕塞进了后备箱，满满当当，有些放不下，只得用绳子揽好，后备箱不关，我专挑选小道儿走，生怕被交警逮到，快出城的时候，还是被一个交警给拦下来。

交警同志首先让我出示行驶证和驾驶证，见我证照齐全，说我后备箱没关，翘了起来，有故意躲避红绿灯拍摄、遮挡号牌的嫌疑，车里的母亲吓坏了，赶忙下车解释："警察同志，都怪我，非要到城里来买两个粪箕，这不，给儿子也招麻烦了。你千万别罚他，罚我吧。"

交警笑了，说："这不是罚你的事。"然后转到后备箱，摩挲着那两个粪箕，嘴里念叨着，"不好买了吧？"我赶忙答话，"可不是嘛，费了好大劲，在环城南路买到的。"交警看了一眼我和母亲，说，"走吧，下次一定注意。"

母亲总算松了一口气，道了谢，我们发动车，赶往母亲和我所在的故乡。我猜想，交警之所以放我们走而不罚款，有可能他也是个农村人，在农村，也有一个和我母亲一样的母亲，也在到处寻找一只粪箕。

半小时后，生我养我的"胡马庄"终于出现在我的眼前，葱绿的麦苗已然半尺高，那些笔挺的泡桐树在冬日里发着洁白的光，村后的竹林依然泛着葱绿，丝毫不惧霜色。不远处，羊咩阵阵，母亲说，"那是同村你三爷家喂养的。"偶尔也有小猪的哼哼声，间或夹杂着一些牛哞，冬日里的牛一般是很少叫的，除非到了春天，要下地干活，又是发情期，牛才会叫，此刻再叫，估摸着是遭遇了牛贩子。

果不其然，发财叔家来了牛贩子，正在估售。牛见了牛贩子，多少有些害怕，害怕牛贩子身上的那股杀气。发财叔养了一辈子牛，它常常唤牛为"牛爷"，此刻却要卖牛，这令人十分费解，我问发财叔，为什么要卖牛？发财叔指着村外的一帮人说，你看——

我循着发财叔手指的方向望去，一群村干部正在拿着尺子丈量土地。发财叔感叹说："到了明年，村子里的茅屋瓦舍都要被楼房取代了，这牛，还能喂吗？"

我脑海里旋即闪现出一间间瓦舍倾颓，一棵棵老树被连根拔起的情景，耳边还隐约有推土机的轰鸣，坑塘都被填满，鸭群也难觅踪迹，那些鸡犬相闻、阡陌交通、炊烟袅袅的日子也将渐行渐远……

而母亲，挎着粪箕的母亲，为了给孙女吃上纯天然的绿色蔬菜，她还能捡到牛粪吗？

听一听古树的喘息

挖土机轰隆隆地碾过村庄,村口的树梢上,鸟雀惊悸地叫着。这样一辆辆在城市才能见到的庞然大物,怎么会迁徙到这里?

古朴的村庄,面对挖土机的"怪手",像是古老的小脚婆婆一样,一推就倒,不堪一击。颤颤巍巍地倒下去,升腾起一阵烟尘,那是村庄粉末状的血液。

瓦屋被推倒了,那些驾驶挖土机的人说,过不了多久,这里就会有一幢幢小楼拔地而起。挖土机司机果然是见过世面的人,他用了"拔地"这个词,像是从村庄的头皮上活生生地拽下来一根头发,生生地疼。

挖土机司机说这些话的时候,农人们第一次被一个词语刺痛，那还是"拔地"。

瓦砾遍地、碎砖横陈的村庄，在这些砖瓦倒下去的时候，连身边一些古树也遭了殃。树应该是村庄里最老实的作物了，它们一动不动地站在那里，数十年如一日，即便如此，还是被倾颓的院墙撕下了一层皮，树的浆汁如血，凄凄地留下来，如泣如诉。

人活一张脸，树活一张皮。皮之不存，树还能活吗？即便是苟且，又能残喘多久？挖土机的怪手一挥，一座座房屋倒下，也像是给村庄一记记耳光。挖土机走后，推土机又来，它们要给村庄开辟出一个平台来，在这个平台上，分娩楼宇、学校、医院、广场、垃圾处理场……

这一切，又都是城市的专利。村庄的影子哪里去了？

唯有那些古树，被细心的人们挽救下来，移栽到新村的道路两旁，蔫蔫地生长着，俯身望着脚下的一幢幢楼宇，少了泥土的痕迹，多了钢筋的硬邦邦。

这还是我的家吗？馨香的土壤哪里去了？再见它，只能在农户家的盆景里。没有了村庄，还能称之为"农户"吗？连一缕炊烟都找不到，各家各户都是令人胆寒的煤气罐了，拧开，叭——一股幽蓝的火焰，裹挟着一股工业化的气味而出，柴垛不见了，焚烧的秸秆灼伤了土地的容颜，污染了村庄上方的那角原本蔚蓝的天。

那些被救下来的古树，被安置到新村的广场四周，像是一个个故国沉沦的举子，被迫参加新王朝的科考，还适应得了吗，还能金榜题名吗？

古树在新村里被修枝剪杈，光秃秃地站在楼宇与楼宇之间，再也没有一个孩子愿意攀爬，夏天来的时候，连一只蝉也懒得光顾了。不是"懒"，而是土地早已被水泥路覆盖，拱不出来，当然爬不上去。

新村的外围，建造了矮矮的老年屋，给腿脚不灵便的老人居住。这些古树，也好似那些年迈的老者，被生生与儿女分开，由于年龄大了，新村规划时，他们没有赢得一方宅基地的资格。种了一辈子地，最后却被宅基地抛弃，好比树木荫蔽了村庄千百年，最终却与村庄分道扬镳。

烈日如炙，古树依然如故地发着新枝条，这是白天的景象，谁曾看到它们在夜里自我抚摸着残缺的枝杈幽幽哭泣？

耕读传家

一直想象,古代书生一手握书,一手扶犁,书是另一种鞭子,皮鞭子鞭打快牛,书卷则用来鞭打心灵。

在故乡老宅的当屋,常常见德高望重的老辈人家挂着这样一幅字:耕读传家。这些老人眼神安谧,如乡间的潭水,面带微笑,须发皆白,样貌丝毫和摩登不沾边,却一派仙风道骨,恍若神话中人。

耕读是一种自我冶炼的过程,耕以果腹,耕解决的是吃饭问题,顺便强健体魄;读以慰心,读解决的是心灵问题,顺便修心如水。换言之,耕是侍奉五谷,读是侍奉内心。

耕读传家远,耕在农家,也是书香门第,门里走出来的人有清凌凌的田野气息,天然去雕饰,放之四海,都是一股倔强的洪流。耕读人家的后代，有一股宁折不弯的牛脾气，有一股扑面而来的书卷气，也有一股不争不逐的隐忍劲儿。

赤脚走在松软的田畈上，阡陌交通，鸡犬相闻，心灵清新悠远。

潜心阅读在篷窗竹屋下，圣哲经典，道德文章，高格不觉落成。

我想来喜欢有青草味的文人，他们心向田园，以草木为伴，植善念于心，忙时，就是一朴实的农丁，听几声牛哞，闻几缕稻香，悠悠蓝天浮云过，犁罢田亩挽牛归，满天星月，夜色如水，烹豆煮茶，喝点小酒，然后青灯黄卷，历代先贤从书页里跳出来，一一倾谈。

人生最难是能上能下，"上得了厅堂，下得了厨房"不光是对贤妻的赞美，更是对贤人的褒扬。早已经超出了"宠辱不惊"的意义，时代需要我时，我在；不需要时，我杳杳。给别人留一种念想，提及你，会说，还是他好，这就够了。而此刻的你呢，梅妻鹤子，悠然见南山，享你的清静，度你的光阴，日子在你的心灵之砥上打磨得锃亮生辉。

一耕一读，是人生的两种境界。耕的是闲情，读的是安谧，如此，整个人就气韵沉稳，他的性格也多了几许趣味。耕读传家，传的是佳话，也是嘉年华。

做故乡深处一株安详的稻麦

去拜访一位老作家,在他的书房里看到一幅书法作品:稻香茶暖。

这位以写批评杂文而著称的作家,怎会在自己的书房里悬挂如此温婉的横幅?我心里直犯嘀咕,通过与他聊天才知道,原来老作家是"笔头老辣、心肠极热"之人,面对社会的不良风气,他针砭时弊,但是,生活中的他却极其喜欢两种光阴。一是故乡的稻子熟了,万里金黄;二是新泡的红茶在盏,香气四溢。

一想起故乡,心头总会滤过汩汩温泉;一念及故乡的草木,心底就盛放出了一整个春天。

前不久,在附近的农家乐田园餐厅旁见到一处梨田书屋,原以为它是作为农家乐的配套产品。走进去,才发现,古风悠悠,所陈列之书，全部是古版竖排线装书，书架和堆头也都是由原木和根雕制作而成。书屋坐落在村口一株大梨树下，与周遭整个环境融合在一起，浑然天成。出于好奇心，我去问这位书屋的主人，得到的回答却是一位"无名氏"。三年前，村委会收到了一位莫名的巨额汇款：50万元。

随着巨款，还有一封信，大意是，20年前，他南北闯荡，落魄到此地，身无分文，心灰意冷，想起对家人的信誓旦旦，再看看如今一事无成，在一棵梨树下，他抽掉了自己的腰带，几欲轻生。后来，一位老人跑过来，笑容可掬地递给他两颗梨子，笑着说："看你刚才松动皮带，一定饥渴难耐，吃下它吧，甜着呢！"

年轻人无法拒绝，一口气吃下了两颗梨子，那梨子真甜，甜到足以让他看到了生活的全部希望。他吃下梨子后，老人又给了他一篮子梨子说："你提着这篮子梨子上路吧，别饿着。"后来，年轻人靠着这篮梨子充饥到了省城，终有建树。他不知道当年那位老人的姓名，投资这个书屋，算是报答他对这片土地的恩情。

我想，这位匿名的年轻人虽不在此地出生，他却把这片梨园当成了他灵魂的原乡。

古人多智慧呀！在造字时候，让"乡"和"香"同音，这是多么美妙的祝福。

多年前，在一个画册上见到苏州博物馆为明代画家沈周举办的一次画展的名字，非常美妙："石田大穰——吴门画派之沈周特展"。一个展会，足以概括沈周的风骨，以及他高贵的心性。

首先,石田是沈周的号,沈周出生在阳澄湖附近的一座镇子上,那里,水草丰茂,自然环境优美,应该说,这是一座人文荟萃的风水宝地。穰,意味五谷丰登,当然,也寓意沈周诗书画样样精通,另外,大穰,更像是在故乡大地上一株茁壮成长的稻麦,安享着故乡母体的恩赐,然后慢慢在岁月深处颗粒饱满,修成正果。

老作家也罢,年轻人也罢,沈周画展的策展人也罢,都把心灵深处最隐秘的美好交付给了故乡的一片土地、一根草木、一方水土。他们, 应该都算是故乡大地上一株安详的稻麦。

陶炉在侧懒糊窗

转眼就到了大雪节气了。

这几日,陆续收到外地文友快递来的黑茶、普洱、老白茶,更有有心的朋友附带一罐木炭送来,真可谓贴心至极。接连刮了两天的北风,索性我的窗子靠南,窗纸烂了一块,懒得去糊了,透过这块破洞看窗外的节气变换,看由小变大纷纷扬扬的雪景,还有窗外那个粉妆玉砌的世界,看雪地里蹦跶觅食的麻雀,虽居陋室,感觉窗外无边的天地皆入我胸怀。

在这样一个黄昏,生起陶炉,煮一壶安化黑茶来吃,浓郁的茶汤,融融的暖意,三杯吃下,立时就感觉浑身"花枝乱颤"了,脱去外套,铺开宣纸,练几笔瘦金,总感觉极为契合当下的情景。

这满世界繁盛的雪景似那一整张宣纸，竹叶一样的瘦金体笔画，似那户外旁逸斜出的树枝，纸白枝黑，很有中国山水的意境。大雪节气，户外就是最好的画作，这样的日子写字，窗外的辽阔也会经由心间倾泻笔端。而这一切，都在陶炉火舌的暖意里，恰如其分地发生着，茶香四溢，瘦金也在宣纸上漫漶交融，宛若一片茶叶的四肢伸展。

这样的日子，读宋徽宗的《大观茶论》，别有一番味道在。"涤芽惟洁，濯器惟净，蒸压惟其宜，研膏惟熟，焙火惟良。"如此精细化的制茶方法，出自一位帝王之笔，应该算是极尽风雅了。我想，宋徽宗在写《大观茶论》的时候，应该身旁有炉，火龙灿然，茶香氤氲，满室清香，所以，一位诗人说，《大观茶论》这本书，如若细细读，唇齿之间或有茶香可咂摸。

冬日是一部大文章，幽居是大文章的一个段落，而一只陶炉一盏茶，就是这个段落的中心句。言之有物、有意蕴，靠的是笔下烟云；居有灵气、有温度，靠的是红泥小炉。从古至今，再也没有任何一个季节比冬日更适合中国人表达亲情，一家人围炉而啖，吃出暖意融融，这是季节的撮合与恩赐。

闭户当严候，围炉似故人。关起门子来，肃杀的寒冷就被关在门外了，生火围炉，即便故人不来，还有炉内火舌在与我们温暖交谈。窗子不耐寒风吹，稍不留神咧开嘴，窗子破了，茶香饭香飘到窗外，羡煞过路人，也引得鸟雀探着身子朝屋内看，何其融洽的氛围。在这样的情景下，我喜欢读朱有燉的诗《和白香山何处难忘酒》："何处难忘酒，寒窗一局棋。新篘开竹叶，老树发梅枝。拨火煨霜芋，围炉咏雪诗。此时无一盏，虚度小春时。"寒窗，势必是密封不严的，老树的幽幽梅香飘逸而来，这个时候，在陶炉上架一副灶，用来煮霜后的红薯，嘎吱嘎吱的脆响和窗外的雪落声，构成这个冬天曼妙的交响。所以，朱有燉说，即便这个时候没有酒，也像是深处暖烘烘的春日了。

懒糊窗，一直是颇具中国文人矫情的一种状态，当然，也不只是矫情，更多时候，反映的是一种别样的慵懒，一份难得的清逸与洒脱。中国文人很多都是乐天派，他们很少向这个世界苛求什么，就好比严寒的冬日，有一副陶炉，半两香茶就够了。

如此简单，恰又如此富足。这不能不引起当下许多人的感怀。陶炉在侧懒糊窗，且乐今夕共徜徉，煎茶秉烛，心中峥嵘万象。

小雪,感受天空和大地的美意

又到小雪,昨夜西风凋碧树,今早雪花舞。雪天,无疑是诗意扎堆的时光,就连朋友圈里的售卖广告也有了诗意:小雪来,怎不给你的"小雪"买一件贴身小貂皮?

雪天,无疑是遍地文青俯拾即是的时光。早上,从城门楼拎着一笼包子出来,总觉得自己拎的应该是芝麻糊,黑、白,多么强烈的对比,让人想起某诗人的句子:拉磨,一定要用黑驴,白面白,黑驴黑,磨盘转动,就是中国山水。

电视广告说,下雨天和巧克力最配。什么逻辑,潮腻腻,黏糊糊,不得自在。还是雪天,干爽洁白,有一种雷厉风行的爽利感,也有一种你是你、我是我,狭义两相知的江湖气息。下雪天,和古城才最配,飞檐翘角,青砖黛瓦,黑漆木门,穿鲜衣,不必骑怒马，走在老街深处，何必撑伞，俯仰之间，都是风景。

雪，是最好的开胃风景。我不知道您有没有这样的感觉，每下雪，必感到饥肠辘辘，这时候，从打铜巷买一只铜火锅，取出去年自制的木炭，涮去岁月的风霜，吃出融融的亲昵。

雪天，是天空的美意。雪是古典的，我们只要看一看窗外的古建筑即知，古建落雪，好比女子化了妆、施了粉，分外俏丽可人。这时候，在故乡谯城的谯望楼喝茶，临窗远眺，感受"谯郡雪花大如席，片片吹落观稼台"的意境；在华祖庵练五禽戏，感知雪花之外，有一朵朵曼陀罗在飘落；在花戏楼念唱白，想象风雪渔樵，山陕商人冒雪自涡河登岸……那些历史深处的雪，穿越千年，犹在今夜白。

雪天，也深藏着大地的嘱托。雪天不约，错过许多，约三五知己，去泡一场温泉。也可以拍一张温泉和雪景，发给异乡的文友，告诉他，即便深处皖北，我也一样感受江南园林的雪意，雪飞，泉暖，这是来自大地母体的温度，浸润全身，汗津津，再伸手去接雪，雪花好似娇羞的孩童，笑着躲你。泡完了温泉，去映月楼小酌几杯，把温泉的暖延续更久，促膝畅谈，把酒言欢后，披衣出门，无边的寒冷都对你退避三舍了。

如此说来，下雪天和泡温泉最配了。然后，满城楼观玉阑干，偎雪听茶读经典。小雪寒，炭火暖，青灯黄卷，羡煞神仙。

雪花，是被狂风吹散的上帝的目光，青睐的目光。洒落在城市、村庄、田野，世界的运气都要更新一轮。

温泉，是被托举而出的大地的关怀，温暖备至。暖身，养心，颐情，一切的糟糕和不顺都被淘洗殆尽。

走，看雪去……

老房子会说话

假如你有一座老房子,你一定要善待它,不要冷落它,不要淡漠它,因为,只要你留心,会发觉:老房子自己是会说话的。

老房子会帮我们感知雨意。淮南王刘安在《淮南子·说林训》有这样的句子"山云蒸,柱础润。"这与民谚中所说的"月晕而风,础润而雨"有异曲同工之妙。常住老房子的人都知道,每每柱础上返潮或是生了水珠,就预示着很快就要下雨了。久在樊笼里的我们,忙到甚至没有时间看天气预报,但是老房子会告诉你,快下雨了。而这些是住在商品房里的人感受不到的,我们被蒙在钢筋混凝土的"牢笼"里,别说是预感下雨,就是真正下了雨,我们也只有后知后觉,甚至沦落为"从电视上看到"、"从手机上浏览到"、"从电脑上查阅到"……我们成了不接地气的人。

老房子会让我们感到惊喜。近一段时间，我做文化旅游行业，常常流连在各色古建筑中，蓦然瞥见天井院里的一角天幕，让人顿然明白"白云千载空悠悠"的意味；墙角石缝里钻出来的一棵楝树苗，春夏之交开出淡紫色的小花，散发出浓浓的春意；经年的白色石灰墙，经过雨水漫漶形成的图案，俨然水墨画，远远望去，或怪石嶙峋，或烟云弥补，或如僧枯坐；裸露的土地上，长起来一株桃树苗，主人并未栽种，仔细推敲，不知道是谁家顽童吃剩的桃核，仍在这里，爆发出顽强的绿意。

老房子最能与我们交心。你欢喜时去老房子，敦厚的石鼓会教会你隐忍低调，会告诫你"得意莫张狂"；你忧郁时去老房子，望一眼房顶上倔强而立的茅草，想起它的身世，或许大风，或许出自鸟的粪便，已然生长得如此生龙活虎；你受挫折时到老房子散心，看到已然斑驳的木门生出了木耳，似乎在告诉你，即便行将就木，也可"枯木逢春"。所以，老房子是最能养心、最能励志的。

老房子最适合天长日久相处。城市的单元楼千房一面，就好像星级大酒店，万菜一味，哪有私房菜来得亲切，老房子，就是餐饮中的私房菜，百吃不厌。老房子里常常住着百岁老人，他们的年龄与门前的老树一样久，皱纹和树皮一样多，老树窜出院落，老人的厚德街巷皆知。那些老房门开开合合，磨出了包浆，好似人的手经年劳作，磨出了老茧，包浆的老是一种保护，老茧的也是一样，那些老窗纸破得通透，好似人经过岁月的阅历，世事洞明。

老房子是老朋友,也是老知己,甚至可以是忘年交。一个人与一座房子的情谊,有时候远胜于他和一个人的关系,老房子在岁月的风雨里缄默不言,它就那样静静地坐落在那里,窗外的云卷云舒,屋后的林木窸窣,俗世的情境变迁,它都看在眼里。因此,每每走进它,似乎就走进了一座能量场,为我们空虚的心灵、苍白的灵感、萎靡的心志"充一充电",然后,我们轻掩房门,借着门环的叮咚声,走向另一个生命的晨辉。

老房子,自己会说话。

养眼的老街

"养眼"这个词是谁发明的,真是太伟大了。眼睛是需要养的,看书涵养知识,看美人涵养心性,看天空涵养志气。人在居室里待久了,对窗外的局势就不太明了了,会狭隘,会偏执,甚至心情暗淡。

养眼的东西也需要遴选,花朵看多了会眼花缭乱,美女看多了会意乱情迷,书看多了容易掉书袋,还是到老街巷中走走为好,青砖斑驳,琉璃闪耀,听听街巷中的老者磨刀霍霍,看看墙垣上的青苔绿意盈人,看看巷子幽深,像老者的眼眸,看不到最后一缕光亮在哪里消失。

到老街看那青砖黛瓦。最好有雨,眼前的雨滴汇成珠链,从屋瓦上洒下来,成为一声声叮咚的泉眼;连绵的雨天会让潮湿漫溻砖瓦，那是老街最自然的山水画。青苔，在墙与屋瓦上稍纵即逝的姻缘——砖瓦一潮湿，就会生苔藓，人心一湿润，就会生美好情愫，缘分就是在人心灵的笔头饱蘸笔墨之后，遇见了一卷徽宣。

到老街去看那石板路。油亮油亮的石板，驮载过多少双脚板走向他们人生的纷繁际遇？青石板以其坚韧的眼眸见证了多少次老街变迁，人事离散？老街中心的路，说是供人来走，不如说是驮着老街上建筑的边边角角，隐忍不语，浸润了多少无极水，胸中就堆起多少宽广的丘壑。

到老街去看那来往之人。寻常巷陌里的居户，在老街深处消磨着自己的光阴，栽花种草，写字画画，遛鸟抽烟，或是早出晚归，忙着自己的营生。当然，还有一类人，他们是老街之上穿梭的观光客，看到眼里的风景，成就心底的彩虹，老街是养分，吸纳之后，他们赶往下一个美味的能量场，老街成了他们生命印迹中特别的一笔。

哪一座城市没有一两条老街，它一定是胆怯的。不好意思在人前谈历史，不好意思在人前说人文。万丈高楼平地起的城市多得是，好比一夜之间成就的暴发户，哪里懂得风雅何来？好比吃包子就大蒜，囫囵吞枣，胡吃海塞，不若吃水晶汤包用吸管优雅吸食，细嚼慢咽。

在时光深处，老街驮载着旧时光的印迹款款而来，也把旧时风物、人文传说、风俗习惯一并延续继承。我的故乡亳州，也拥有一座面积达一平方公里的明清老街，我喜欢到这样的街巷中去走走，白布大街、打铜巷、小花子街、帽铺街……一街一品，在这样的街道慢慢穿行，似乎街巷之间游走的微风里仍有当年情、当年事，甚至是当年的吆喝声，透过青石板，铮铮作响。

　　常去老街走走，不光可以卸载心事，放空心思，街巷之间的风物颇为养眼，眼睛是心灵的窗户，老街风光似乎总能给心灵补钙的。我有一位文友，最失意落魄时曾来找我谈心，我没有用心灵鸡汤灌溉他，而是在风清月白的夜里领他到老街中走走，顺带吃了一遭茶。

　　后来，他"激活"了自己，重新振作，再上征程，赢得了全新的天地。他说，时隔多年，他仍记得那年的月光，那街巷之中看到的花朵，还有在门槛上抽着水烟的老者，后来，他画了一幅画给我，画上附了一首打油诗，很有禅意：不如老街看花，遍地牵牛丝瓜，青砖斑驳生苔，水烟一袋天涯……

枕上诗书闲梦好

忙完了整个初秋,很想给自己休一个假,在慵懒的早间,枕边随手拿起一本散文来读,直读到窗外阳光丰满,鸟鸣遍地,推门出去,街边找个小铺吃一笼包子,两碟小菜。饭后驾车回到乡下老家,一整天都和父母在一起,除草、割红薯秧、赤脚走在刚刚犁过的土地里,凉且美好。黄昏时分再次回到家,吃一袋瓜子,看个把外国大片,午夜未到,告别了一天的喧嚣,冲个热水澡,盖上母亲新套的棉被睡去,不求好梦,只求新的一天到来,还有如此愉悦惬意的生活。

秋深的时候,我就着暗哑的虫鸣读《小窗幽记》,在清远的文风里,目光如在荷塘之间,耳畔清风满野,随处望几眼都是警句,如新含苞的荷,一句句读下来,如花朵绽放,若能读出来,就口舌生香了。个人觉得，读《小窗幽记》这样的文字，应该在深秋，万木萧萧，心底繁芜尽退，感觉有人在清澈的溪边吹笛，笛声悠扬，全是清明透彻的意蕴。

还可以读读《随园诗话》之类的书，跳出了诗歌的本来面目，甚至是躲开了主观臆断的成分，看先人如何论诗，踩着别人思维的脚步探一探诗路，明一明诗心，收获一缕诗意，过一过诗生活。我们太需要这样的生活了，枯燥的现实摩擦得你们的心灵伤痕累累，我们不妨换一把细筛子，把心间的块垒用诗意的筛子滤除，留一层细沙在心间，我们温软地躺上去，赏一轮明月，打一个盹儿，与诗意干杯。

也许还可读读《世说新语》，在寂寥的霜天里多一些狂放，给萧索的现实多一些改观和润色，让干涸的心智多一些滋润，把书中的乐观和乐天都引入到自己的秉性里来，我们不妨效法他人的生活，让自己多一些洒脱，多一些达观，把凋零看成是另一场繁盛的序幕。

读一本书，在秋天，尤其是在枕上，就着南翔的归雁声，你是最幸福的人。如果夜幕降临，再用一盏昏黄的灯制造一些氛围，书页翻动，刺啦——刺啦，多悦耳的声音，恐怕再也没有任何一种声音比得上翻书声了，因为，其中裹挟了太多的虔诚和朝圣的心灵在里面。

深秋，树叶飘零，书页轻盈，捧着一本书读下去，在枕上，困倦时，自然入梦，这多梦的秋天呀，因了枕上诗书，让美好一路与我们同行，何惧不久前路就要飘雪？